默契遊戲

×アンサーゲーム○

五十嵐 貴久

徐屹 譯

GAME START

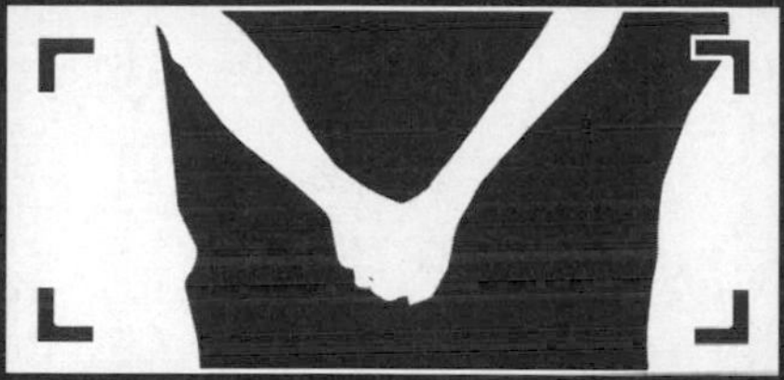

Game preparation

遊 戲 準 備

「啊啊，累死了。」

里美脫下罩在魚尾禮服外的藍色丹寧襯衫，隨手一扔，便往米色長沙發椅上一坐。

毅輕吻她的臉頰，接著將深藍有光澤的外套與同色領結置於茶几上，坐到她的身旁。

毅深深吐了一口氣，發現里美也不約而同地嘆息，兩人不禁相視而笑。

他問里美是否要沖澡，里美回答她更想睡。毅舉雙手贊成。

「雖然早有心理準備，不過婚禮還真久呢。」

「真的。」里美回答，像是做伸展操似地拉直背脊，接著拿起桌上的餅乾咬下。

兩人今早到戶政事務所登記結婚，里美從舊姓田崎，變成現在的姓氏樋口，接著直接前往銀座的聖瓦倫丁教堂。六月已進入梅雨季節，天氣卻好得不像話，彷彿在祝福兩人似的。

婚禮是中午十二點舉行，不過早上九點就要開始準備了。穿禮服、處理妝髮，跟親戚、學生時期的朋友打招呼等，有一大堆事得做，時間根本不夠用。

兩人採取時下流行的親友見證式婚禮，在輕鬆又莊嚴的氣氛中舉行。交換婚戒時，毅的手在顫抖，惹得出席者們噗哧一笑，其他流程則是順利進行，花了約一小時結束。

之後移動到同樣位於銀座的知名法式餐廳「CHEZ・IZAWA」舉辦婚宴，下午兩點開始，約有六十人出席。

婚宴五點半過後結束，一小時後又到別處續攤。雖然每次轉場時都有休息一下，但身為主角的兩人幾乎從頭陪到尾。

續攤原本預定九點結束，卻超過近三十分鐘才終於散會。而大約是在五分鐘前，兩人從續攤會場的西班牙式酒吧回到銀座四丁目 24 Carat Hotel 的小套房，時間已經超過晚上十點，他們累得連衣服都懶得換。

「要喝什麼嗎？」

茶几上擺放著五彩繽紛的捧花、祝福結婚的卡片、蛋糕和餅乾等點心，以及裝著香檳的冰桶。

「我都說不用了。」毅望向標著四個朋友名字的卡片，露出苦笑。「我們兩個怎麼可能喝得完一瓶香檳啊。」

里美回答：「大家人太好了。」接著拿起幾個高中同學為她做的捧花。

「是很感謝他們啦。」毅打開香檳，倒入玻璃杯。里美接過酒杯，喝了一口後，嘀咕著是否要去沖澡呢？

「明天早上八點要到羽田吧？已經十點半了耶。七點還要退房。」

新婚旅行是去峇里島七天六夜，小倆口悠閒自在地度蜜月。

明知得早點睡，毅卻喝著香檳，將光碟放進套房備有的光碟機中。那是婚禮公司為他們拍攝的婚禮及婚宴ＤＶＤ。

婚禮公司有在婚宴續攤時完成剪輯、送到飯店的服務，兩人在辦理入住登記時，收到櫃檯轉交的ＤＶＤ。

毅往沙發上一坐，摟住里美的肩膀說：「真是一場美好的婚禮呢。」里美點了點頭，將頭靠在毅的肩上。

毅與里美在永和商事工作，總公司位於丸之內，是日本屈指可數的綜合公司。兩人是同屬一個營業部的前後輩職員。

兩年前里美調來營業部數個月後，兩人開始交往，當時毅二十九歲，里美則是二十六歲。順利交往一年後，毅向里美求婚，毫無窒礙地定下了婚事。

里美面向螢幕說：「你爸哭得稀哩嘩啦的耶。」

「如果是新娘的父親還能理解，沒看過新郎的爸爸哭得這麼誇張的。」

毅回答：「我也這麼覺得。」接著用力搔了搔頭，這是他覺得傷腦筋時常做的習慣動作。

「老爸在搞什麼啊。照理說我應該安慰他才對，但我根本自顧不暇，真想跟他說別哭了，真難看。」

由於是採取出席者見證兩人結婚的形式，擔任司儀的是同一個營業部的柴田與女職員小幡。

兩人詢問出席者是否同意這場婚事，所有賓客拍手鼓掌，結婚成立。

婚禮在輕鬆自在的氣氛下進行。出席的賓客有些面向攝影機擺出逗趣的模樣道賀，有些則是給這對新人一個擁抱，獻上祝福。

毅指向螢幕的一角，螢幕上出現永和商事的社長市川英一以及會長轡田聰一郎。

永和商事是轡田會長的父親轡田永吉在戰後創立的商業公司。之後因為朝鮮特需*的關係，廣島縣出身的永吉與當時在民主自由黨吉村內閣擔任大藏大臣*的岸野享輔密切往來，業績因此突飛猛進。

永和商事也與其他舊財閥系公司一樣，大多仰仗轡田家的力量。

昭和五十五年（西元一九八〇年），永吉的長男聰一郎就任社長。由於妻子早逝，膝下無子，十年前退為會長的聰一郎，便將社長的位置交棒給他的外甥市川英一。

與舊財閥系公司不同的是，從聰一郎擔任社長的昭和五〇年代起，便致力於資訊業。於二十年前收購美國一家名為CUBESKY、只有四名職員在開發電腦用遊戲軟體的

譯註：朝鮮戰爭時，在朝鮮及在日美軍向日本訂購的軍需物資。
譯註：相當於現在的財務大臣。

小公司，投入巨額資金後，便擁有全亞洲最多人利用的搜尋引擎「ＱＵＢＥ」。

永和商事成為日本屈指可數的公司，則是在四十年前，聰一郎慧眼看中當時無法預測未來前景如何的資訊業，得到社會大眾認可的時候。

而永和商事「員工是家人」的社訓，從創業至今依然未改。

旗下擁有五百多家集團公司的永和商事，社長或會長一定會出席包含集團公司在內約四萬名員工的婚喪喜慶，象徵著這間商事的家族主義經營理念。因此他們當然也參加了在總公司任職的毅與里美的婚禮，只是兩人同時出席實屬難得。

里美說：「這代表他們很器重你吧。」毅露出靦腆的笑容回答：「可能吧。」

會長和社長之所以會來參加婚禮，應該跟里美的舅舅館山鐵平是經營管理部門的董事有關，不過自己任職的公司社長和會長一起出席，想必是把年僅三十一歲就當上部門主管的毅，視為將來肩負永和商事未來的王牌候補吧。

「舅舅，可以不用硬撐的說。」

里美指向螢幕。館山也出席了婚宴，但據說約半個月前慢跑時扭傷了，看他拖著右腳上前致辭的模樣，的確令人於心不忍。

一個月前，營業局局長畑中詢問自己是否有意願參加新專案，在他耳邊低喃若是專案成功，就能坐上課長的位子。毅馬上答應，看來公司的確對他的能力給予高度的評價。

ＤＶＤ的影像轉換成婚宴場景。

父親依然在哭泣。毅覺得他真是丟臉，一邊觸摸里美的頭髮後，發現她微厚的唇瓣間發出輕微的鼻息。毅搖晃她的肩膀，要她別睡。

「沖澡就算了，但起碼要把禮服脫掉吧。」

里美閉上雙眼，嘟囔著要求再睡五分鐘。毅搖了搖頭暗忖也怪不得她。

大概是續攤時喝太多，酒意突然湧上。毅確認手機的鬧鐘，從冰箱拿出礦泉水，喝了一半左右。

他打算沖澡，想要解開襯衫鈕釦，手指卻不聽使喚。

頓時感覺房間變暗。眼皮垂下，睡意突然襲來。

毅低喃著只睡一下就好，便走進臥房，直接躺平，此時餐廳傳來拍手的聲音。

他心想大概是沒有關ＤＶＤ，又懶得去關，便閉上雙眼，只睡一下，睡個三十分鐘就好，應該沒關係吧。

有種突然被拖進深層睡眠的感覺。大概是筋疲力盡了吧，身體好重。

好像有什麼動靜。他聽見門打開的聲音。

是自己聽錯了吧，怎麼可能有人會打開飯店自動上鎖的門。

之後毅便失去了意識。

Instruction manual

遊戲說明

某處響起電子音，音量愈來愈大，是手機的鬧鈴聲。

得起床才行，趕不上飛機就麻煩了。

毅硬是睜開眼睛，周圍呈現一片紅色，他心想應該是因為昨晚喝太多造成眼睛充血吧，撐起上半身，只覺得全身疼痛。

他搓了搓上臂，發現自己不是躺在床上，而是地板上。冰冷堅硬的觸感，令他不禁皺起臉孔。

自己似乎不知不覺跌到床下，沒有察覺就這麼繼續睡下去，他的睡相不算好，但他還是第一次發生這種事。

不對。毅再次觸摸地面，飯店的房間應該有鋪地毯才對。

他用手指摸索，發現甚至沒有鋪地板，而是裸露出鐵板。24 Carat Hotel 這間城市飯店，在都內也頗具知名度，地面怎麼可能是鐵板。

眼睛逐漸習慣，朦朧可見四周的模樣，卻依然搞不清楚狀況。

毅的身上只穿著白色 T 恤和藍色條紋四角褲，他記得自己昨天有想要脫掉襯衫，卻不確定到底有沒有脫掉。

西裝褲也是同樣的狀況，想脫卻不知道最後是否有脫掉。

這不重要。毅環顧四周，這裡顯然不是飯店房間。

天花板懸掛著一顆裸燈泡，套著紅色的燈罩。

整體光線幽暗，他站起來伸出手，觸摸到牆壁，果然是鐵製的樣子。

直接沿著牆走，空間並不狹小。

在盡頭轉角處改變方向，以步伐計算牆壁一邊的長度，從牆角到另一個牆角的距離，約有十公尺。

繞完一圈，似乎是正方形，自己被關在四邊等長的箱子裡。

毅抬頭仰望，距離天花板的高度將近五公尺，除了燈泡正下方擺著一張小桌子和鐵管椅外，什麼都沒有。

「這是怎麼回事？搞什麼啊！」

吶喊聲引起巨大回音，令毅摀住耳朵。這是怎樣啊？

到底是怎麼回事？是誰搞這種無聊的把戲？

「神保，是你吧？」毅喊出大學時期社團社員的名字。「飯塚也有份嗎？你們真的很惡劣耶。」

毅露出苦笑。大學參加全能社團時，他們三人經常惡作劇，那兩人會做出這種事情也不足為奇。

原本戴的手錶不見了，加上這裡沒有窗戶，也無法得知外面的情況。

「神保、飯塚，不，可能還有其他人。你們鬧夠了吧。」毅手扶椅背，努力以冷靜的聲音說道。「現在幾點了？往峇里島的航班是上午十點起飛，必須在兩小時前抵達機場，這規定你們知道吧？晚一點也沒關係，但從銀座到羽田搭計程車用飆的也要花二十分鐘。萬一來不及怎麼辦？你們會負責吧？」

毅按捺不住怒氣，說話音量變大。開玩笑開過頭了吧。

再怎麼好的朋友，在人家度蜜月的早上做出這種事，未免也太沒品了吧。

「喂，聽懂了沒？回答我！機票不便宜，飯店也不好訂。馬上放我出來！里美在哪裡？跟你們在一起嗎？」

剛才繞完房間一圈時，他發現這裡並沒有門。當然，不可能有這種事。因為自己在這個箱子裡，照理說某處應該有門才對。

毅自認為已經確認過每個角落，是看漏了嗎？難道是位於難以發現的地方？

「我不知道你是誰，到此為止吧。現在我還能一笑置之。我該怎麼做？道歉認輸就可以了嗎？喂，說話啊！夠了喔，王八蛋！」

不知何時，手機的鬧鐘早已停止。自己是從哪裡聽見鬧鈴聲的呢？毅環顧四周。光線雖昏暗，卻能看見地板，但地板上完全不見手機的蹤影。不過，剛才的鬧鈴聲非常響亮。

某處一定有擴音器，是藏在燈泡光線照不到的四個角落嗎？他的手機鬧鈴聲是從那臺擴音器播放出來的。

為何要做這種事？當毅尋找擴音器時，正面的牆壁中央突然發亮。本以為是鐵板的部分嵌入了一個大小約六十英寸的螢幕。椅子距離螢幕約有兩公尺，影像卻清晰可見，是穿著內衣褲的里美。畫面無聲，顯示著里美表情扭曲、哭花了臉的臉部特寫。

毅吶喊著衝向螢幕。

⌛

里美擦拭溢出眼眶的淚水，在地板上爬行，心想這簡直是莫名其妙。她突然頭痛醒來，本以為是宿醉導致的，沒想到卻是某處傳來的鬧鈴聲在腦中迴響的緣故。

里美說了好幾次要毅關掉，不過毅大概也還在睡吧，就這麼放任鈴聲一直響下去。她不得已只好睜開雙眼，結果映入眼簾卻是難以理解的景象。

微弱的紅光照射著幽暗密閉的空間，她立刻明白這裡不是飯店的客房。

她喊了好幾次毅的名字，卻沒有回應，搞得她一頭霧水。這裡究竟是哪裡？為何自己只穿著內衣褲？鬧鈴聲是從哪裡發出來的？毅人又在哪裡？

里美在這樣的情況下摸索自己的身體，毫髮無傷，也沒有被捉弄的痕跡。

這反而令她更加不安，既然如此，自己為何會待在這種地方？她本來不是應該在飯店的房間裡嗎？

這時，里美的下腹部湧現一股強烈的尿意。於是她在昏暗的照明下，跪趴在地上摸索地板與牆壁後，摸到白色的西式馬桶，四周沒有牆面和隔間，整個裸露在外。

里美頭腦一片空白，坐上馬桶解手。解手完才發現外觀雖是抽水馬桶，卻沒有水能沖。

仔細端詳後，原來馬桶底部貼著黑色塑膠袋，上頭劃了個十字切口，卻看不見袋子下方的狀況。

「救命啊！放我出去！」

里美怕得連忙站起來拍打四面牆壁，卻毫無動靜。

她改用身體衝撞，卻反彈跌在地上，只能坐在地板上無計可施。

室內除了一張桌子和一把鐵管椅外，空無一物。而且桌椅都焊接在地板上，無法移動。

她想查看時間，才發現父母送她當作結婚禮物的卡地亞手錶不在手上。

這是在做夢嗎？如果是，那真是個天大的惡夢。

續完攤，走進飯店的小套房應該是數小時前。再怎麼久，頂多也只經過七、八小時吧。

她原本打算先沖個澡，換上睡衣，上床睡五個小時後再起床。

她與毅必須事先抵達羽田機場搭乘上午十點飛往峇里島的航班，否則新婚旅行就泡湯了。

里美嘴裡嘟囔著度蜜月。是要去熱門的夏威夷、沒去過的大溪地，還是塞席爾群島？

她跟毅討論過好幾次，有一次還討論到大吵一架，最後決定去兩人都想去的峇里島。

他們小倆口在五星級飯店Four Window的度假別墅，不受任何人打擾，享受一星期的新婚旅行。

然而，為什麼她現在會被關在這種地方？如果是朋友開玩笑的話，也太過分了！這梁子結大了！

但真的是開玩笑嗎？

里美環顧四周，鐵板環繞的密室中無門無窗。這樣的玩笑，未免也太大費周章。眼淚不管怎麼擦，依然奪眶而出，里美害怕得全身不停顫抖。

誰來、誰來救救我。拜託，毅，救我出去！

眼前突然一亮，里美抬起頭，看見嵌在牆上的螢幕。螢幕上顯示出的，竟是穿著內褲的毅的身影。

「毅！」

里美衝向螢幕，大聲吶喊，但立刻發現對方聽不見她的聲音。因為毅也在看著自己，目瞪口呆地翕動嘴唇呼喚她的名字。

「這裡，我在這裡！」里美拍打畫面。「毅，你在哪裡？拜託你快來救我！」

螢幕與天花板的紅色燈泡同時熄滅，室內被黑暗包圍，伸手不見五指。

「救救我！」

里美大聲吶喊，螢幕再次在她眼前亮起。約六十英寸的畫面，被一張化著小丑妝的臉填滿。

⧖

「歡迎來到默契遊戲！」

響起一段庸俗的吹奏樂曲後，小丑開口說道。毅惡狠狠地瞪視著那張臉。

由於小丑頂著一臉大濃妝，看不出他的容貌和年齡。聲音也經過變聲處理，無法分辨性別。

「你到底是誰？」毅敲打保護螢幕的厚玻璃問。

「你到底想怎樣？放我跟里美出去！你以為你做這種事會有什麼好下場嗎？」

畫面切換成里美的臉部特寫，從她的表情可以判斷出她也一樣在看著小丑。

昨晚在飯店房間觀看的結婚典禮影像以疊影的方式顯示在螢幕上，看來是直接使用婚禮公司拍攝的ＤＶＤ。

小丑的廬山真面目肯定是婚禮公司的員工。

這算是一種驚喜嗎？自己或里美的朋友委託婚禮公司設計了這一齣，故意將他們兩人分開，打算讓他們上演一場感動的重逢嗎？

「這服務真是爛透了。」無聊當有趣，毅用力地敲打螢幕。「是想要製造吊橋效應嗎？真不巧，我跟里美不需要那種效應。已經夠了，快點放我——」

「Congratulations！」畫面依舊播放著ＤＶＤ的影像，此時冒出小丑的聲音。「樋口毅先生、田崎里美小姐，恭喜兩位結婚。哎呀，真抱歉，兩位已經正式登記結婚，應該要稱女方為樋口里美小姐才對。」

毅不屑地大罵無聊，他面前的螢幕鏡頭頓時拉遠，映照出小丑的上半身，鮮紅的髮色、整張臉塗滿白色的粉底、眉眼周圍用黑色眼影描邊。

他頭戴大禮帽、臉上戴著圓眼鏡和紅鼻子、身穿橫條紋襯衫和加了墊肩的黃色外套，脖子還戴著圍兜兜。

雙手放在桌上的小丑說：「我先自我介紹一下。

「我是擔任今天第四屆默契遊戲Answer Game的司儀MC小丑，直接叫我小丑也行。今天請兩位多多指教。」

毅踹了一下玻璃，對小丑大罵：「是在胡扯什麼！

「你是婚禮公司的員工吧？是誰委託你的，神保嗎？只有那傢伙會做這種無聊的事情。他人是不壞，只是沒想到竟會蠢到這種地步。快點放我出去。我不會再跟神保見面，也不想跟他講話。馬上和他——」

「不好意思，讓你一再重複同樣的話，還請你配合我說明遊戲規則。」

毅怒吼：「你有在聽我說嗎！」然而小丑卻不予理會，勾起用藍色強調的嘴角笑道：「規則很簡單。我接下來會問兩位十個問題，問題非常簡單，你們一定答得出來，因為沒有像益智問答那樣的正確解答。默契遊戲只有一個目的，就是讓你們兩位說出一致的回答。」

毅交抱雙臂，凝視小丑問：「什麼意思？」

十個問題？簡單的問題？沒有正確解答？兩人的回答要一致？

螢幕下方的鐵板打開了。毅這才發現螢幕周圍的牆壁刻有幾道凹槽，形成蓋子，可以開關的樣子。

「那裡放著十張寫字板和麥克筆。」小丑淡淡地繼續說。

「我再說明一次，等一下我會出題目，請在三十分鐘以內將答案寫在板子上，然後面向螢幕，兩人答案一致就算答對。老實說，我認為根本用不著三十分鐘。」

小丑扭曲臉孔笑道：「杜斯妥也夫斯基也說人受不了毫無意義地浪費時間。

「如果很快就寫好答案，請按下桌子右上角的紅色按鈕，只要兩人都有按，無論是三十秒還是一分鐘，螢幕都會立刻顯示彼此的答案。」

「快停止這麼無聊的事！」毅用右手擦了把臉。小丑樂呵呵地說：「如果兩人寫的答案不一樣，就算答錯。」

「請注意，只要答錯三次，遊戲就結束。不過請放心，所有提問都是兩位共通的私人問題。」

毅大聲吶喊：「私人是什麼意思！」小丑摸了摸自己巨大的假耳朵要他冷靜。

「兩位是相遇相戀，昨天剛舉辦完結婚典禮的新婚夫妻，應該比任何人都了解對方。只要有愛，一定能答對問題。你懂吧？」

「懂個屁，從來沒聽過如此愚蠢的事情。」

「真是不好意思，」小丑低頭道歉，「因為太過簡單，也難怪你會覺得愚蠢。不過，這是默契遊戲的規則，只能請你遵守了。」

「誰理你啊！」毅踹了一下鐵管椅，鐵管椅卻一動也不動，好像焊接在地板上，桌子也一樣。

「除此之外，還追加了對兩位有利的規則。」小丑請毅坐下。「首先，你們有三次機會可以商量，我稱之為討論。想討論的話，只要按下桌子左邊的白色按鈕，就能透過擴音器討論。不過，必須經過雙方同意才能進行討論。若是只有一人想討論，而另一人按下手邊的藍色按鈕的話，便無法討論。就算沒有按下藍色按鈕，只要經過一分鐘，就視為拒絕。討論的時間限制是三十秒，夠充足了吧？」

「聽我說，」毅在椅子上坐下，凝視正面的螢幕說道。「我也不是不明白你的立場，婚禮公司答應顧客的請求是理所當然的事，既然接下工作，只能完成。但你也設身處地為我想一下嘛。」

小丑聳了聳肩。毅輕聲嘆息問：「現在幾點了？

「已經早上了吧？我跟里美必須在八點前抵達羽田。要是趕不上飛機該怎麼辦？

你要怎麼負責？雖說是驚喜，這也太過分了。快點放我出去。這情況明顯是監禁，我是可以報警的。」

小丑一本正經地詢問毅：「你要怎麼報？」

「怎麼報……就打一一〇啊。我的手機在哪裡？馬上還給我！」

「你是說這個嗎？」小丑莞爾一笑，舉起雙手，右手拿著毅的手機，左手則是拿著里美的。

「聽好了，你沒有辦法聯絡外界。這密室有暗門，但不可能從內側打開。」

「你這是犯罪！」毅怒吼，「你把我和里美從飯店綁來關在這裡，你以為做這種事還能安然無恙嗎？事情真的會鬧大喔，我勸你還是快點把我們從這裡放出去。如今大家都在找我們，遲早會發現我們被關在這裡。如此一來，我會立刻到警局報案，警方開始調查後，你就會被逮捕。這種風險——」

「不可能發生。」小丑吐出紅色的舌頭笑道。「你知道為什麼嗎？因為我早已幫你們兩人從昨晚住宿的城市飯店退房了，也聯絡航空公司取消機位，並且寄信通知呇里島別墅會晚一天過去。」

毅吶喊：「不可能！」但小丑卻冷靜地說：「只要傳一封電子郵件就能解決。」

「重點是，根本就沒有人在找你們。你們的父母、親戚、朋友和公司的人都知道你們要搭今天早上十點的飛機去度蜜月。而且肯定有請假，所以沒去公司上班也不會有人覺得奇怪。況且都這個年代了，哪有人會去機場送行，也沒有人會不識相地打電話聯絡，這點常識你也有吧？」

小丑說得沒錯，毅無言以對。

「當然，或許會有人因為工作的關係打電話、傳電郵給你們，但沒回覆也無可厚非吧，畢竟在度蜜月。這場旅行會成為人生中最美好的回憶，沒有人會想去打擾，不是嗎？」

毅將視線從螢幕上挪開，喉嚨深處似乎湧起一股鬱悶感。

這不是在開玩笑嗎？是認真的？為什麼要這麼做？

小丑像是看穿了毅的心思般說道：「為了玩默契遊戲。

「我保證只要答錯兩題以內，暗門會自動開啟，把你們從那裡放出來。回答一題的時間最多有三十分鐘，十題共三百分鐘。換句話說，五小時後你們就能重獲自由。但今天看來是難以搭上飛機了，不過請放心，我已經訂好明天同一時間的班機，而且幫你們升級成頭等艙。

「這是你們的機票。」小丑從胸前口袋拿出兩張機票，放在桌上。

「對於造成兩位新婚旅行縮短了一天這件事，我深感抱歉。不過，我準備了豪華商品作為補償。你已經用過廁所了嗎？馬桶後方有個波士頓包，裡頭裝有現金一千萬圓。」

毅站起來，走向馬桶。果然如小丑所說，馬桶後放著一個小波士頓包。

「只要遊戲過關，就送上這一千萬圓作為獎金，當作害兩位一生一次的新婚旅行縮短一天的補償。」

毅對著螢幕怒吼：「我不要，快點放我出去。」

「里美在哪裡？人應該平安無事吧？要是你敢動她一根寒毛，我絕對饒不了你。」

「你檢查自己的身體看看，」小丑聳肩說，「你有哪裡受傷嗎？不可能的。我在移動兩位時格外地小心，兩位絕不可能受傷。這是默契遊戲的規則。」

毅一語不發地打開波士頓包，裡面裝有十捆附有封條的鈔票。

「另外補充一句，每答對一題，我會贈送獎品給兩位。不過，答錯則會有懲罰。這一點，就請當作是遊戲的慣例吧。」

「我不要錢。你說完了吧？我承認這是個精心安排的驚喜，你可能覺得這樣很好玩，但玩得太過頭了。我不打算追究你的責任，也不會告訴別人。所以放我出去！讓我跟里美見面！」

小丑臉上浮現如希臘雕像般古拙的微笑，要毅別激動。

「聽好了，你們兩位是戀愛結婚的，彼此交換過結婚誓詞，你還記得嗎？」

螢幕切換影像，顯示出親友見證式婚禮的現場。鏡頭捕捉到的，是在親友面前宣誓的毅和里美的身影。

「今天我們兩人將在各位面前宣讀結婚誓詞。發誓從今以後，我們將永結同心、體貼彼此、互相勉勵、齊心成為讓各位安心的夫妻。」

兩人異口同聲地說完後，輪流宣誓對彼此的誓言：

「我，樋口毅，發誓這輩子只娶里美為妻，共享幸福與喜悅、共度悲傷與痛苦，永遠互信互愛。」

「我，田崎里美，發誓這輩子只嫁毅為夫，不忘體貼之心、珍愛彼此，成為能互相理解、無可替代的夫妻。」

「太感人了。」小丑用他那戴著手套的雙手鼓掌。「簡直就是理想的情侶、完美的夫妻，大可堂堂正正、自信滿滿地回答問題。我相信兩位一定會答對的。」

「你到底想幹什麼？」毅雙手摀著臉問。「玩默契遊戲呀。」小丑說。

「那麼，立刻開始吧。請看第一題！」

隨著一陣吵鬧的吹奏樂曲，螢幕浮現一段文字。

「**你們是在何時何地認識的？**」

⌛

里美蹲在地板上，用手背抹去淚水。她的頭腦一片混亂，無法思考。

小丑在眼前的螢幕上繼續說明，可大半的內容她都聽不懂，也聽不進去。

她害怕看見小丑那張眉開眼笑地說著默契遊戲、答對、答錯、討論……這些詞彙的臉孔。

小丑的兩邊嘴角浮現白色泡泡，那也是化妝的一部分嗎？里美坐回椅子，雙腿併攏，雙手合十。

「求求你，別再說了……救救我。」

里美哭到聲音沙啞，想要大喊毅的名字，無奈只是咳個不停，喉嚨發疼。

小丑繼續說明著。里美原本因恐懼和混亂而停止思考的大腦，終於掌握住要點。

回答小丑出的問題，只要答案與毅一致就算過關的樣子。一題有三十分鐘的時間可以回答，使用「討論」這種制度就能與毅商量，但僅限使用三次。

「那麼，立刻開始吧。請看第一題！」

螢幕上浮現文字。

「你們是在何時何地認識的？」

「現在開始接受討論申請。」顯示文字的畫面流瀉出小丑的聲音。「兩位只要在一分鐘內按下桌上的白色按鈕，就能進行三十秒對話。如果有一方按下藍色按鈕，就代表拒絕，請各憑本事回答。」

里美毫不猶豫地用力按下，桌上的白色按鈕亮了起來。

她想跟毅說話，說什麼都好，想聽他的聲音，想確認他是否平安無事。

然而，按鈕只是發亮而已。里美按了好幾次後，亮光突然熄滅。

「樋口先生按下了藍色按鈕，」小丑說，「因此無法討論。那麼請在三十分鐘內直接將答案寫在板子上，面向螢幕即可。」

為什麼？里美手撐桌面站了起來。毅為何不按白色按鈕？

螢幕分割成兩個畫面，左側顯示問題，右側則顯示數字。

呈現 30:00 的數字逐漸變成 29:59、29:58，開始倒數。

里美怒火中燒，對這狀況、小丑還有毅感到憤怒。

為什麼毅拒絕與我討論？他不擔心我嗎？

怒火凌駕了其他感情，讓里美忘卻了恐懼。對問題也感到火大。

竟然出這麼愚蠢的問題，這有什麼好問的？當我們是白痴嗎？

怎麼可能忘記是在何時何地認識毅。

里美從螢幕下方打開的櫃子拿出寫字板和麥克筆，在板子上寫下入社典禮。

毅是早里美三期進入公司的前輩，畢業的大學也不相同，兩人以前從未見過面，當然是在入社典禮認識的。

永和商事每年會錄取約五十名新職員，在四月的第一個星期一舉辦入社典禮。地點在丸之內總公司的大會堂，在總公司工作的所有職員必須出席歡迎新職員加入公司。上自社長，下至一般職員都不例外，在四月的第一個星期一全體參加早上九點開始的入社典禮。里美知道毅也是其中一人，自己就是在入社典禮時認識他的。

里美凝視著寫在板子上的回答，劃了兩條線刪掉。所謂的「認識」，是指什麼意思？

在永和商事總公司工作的職員約有兩千人。他們只是隨意走進大會堂，找一個座位坐下而已，也沒有固定席次。

毅的確位於大會堂內，但若是問他坐在哪裡，里美也不知道。他不過就是兩千人當中的其中一人罷了。

里美進入公司那年，共有四十八名同期職員。典禮只是所有人站到臺上，被社長點名領取公司徽章和紀念品而已，不過就像許多公司一樣，職員們應該都興致勃勃地在看公司來了怎樣的新人吧？

毅肯定是在那時知道有個新女職員叫田崎里美。不過，這算是「認識」嗎？

「認識」是指哪種狀況？比如交談，算是「認識」嗎？

里美第一次和毅說話，是在入社典禮隔週起舉辦的職前訓練。

新進職員先以總務部助理的形式到公司所有部門轉一圈，了解營業內容，直到五月底正式決定分派到哪個部門。

有些部門會教導新進職員實際接電話、交換名片等作為社會人士該有的規矩，其中之一就是營業部。

這時所有新進職員就已經聽說營業部中有個名叫樋口毅的優秀年輕職員，甚至有女職員放話要追他。里美也對他感興趣，只是沒有說出口。

毅畢業於知名國立大學，當時二十五歲，年資已滿三年，身高一百八十二公分，模特兒般的外貌。

因為是永和的職員，收入肯定比普通上班族要高，而且周圍的人都對他的工作能力讚譽有佳。

里美在營業部職訓時，向新進職員說明業務內容的就是毅。他帶領大家認識這層樓的環境，半開玩笑地逐一介紹營業部的職員，其他部門的人都沒有像他如此用心。

他最後詢問大家有沒有問題要問時，里美率先舉起手發問。她已經不記得自己當時問了什麼，但那問題肯定很無聊。

因為里美只是想讓毅對自己留下印象才發問的。

在營業部職訓完後，同期的女職員責怪她竟然偷跑，如今回想起來也算是個美好的回憶。

當時是我們第一次打照面，這算是「認識」嗎？

不過，說是認識，里美並沒有特別在意他。當時里美有個從大學就開始交往的男友，後來聽說毅當時也有女友。想讓毅對自己留下印象並沒有什麼深刻的涵義。

這麼看來，里美應該是兩年前的四月調到營業部時「認識」毅的吧。當時他們兩人都沒有對象。

調到毅所隸屬的營業第一課純屬偶然，不過之後便強烈地把他當作一名男性來看待。後來才聽說原來毅也有過同樣的心情。

調到營業部不久後，兩人便開始交往，這算是「認識」嗎？

里美不知道該如何解釋兩人是在何時何地認識的這個問題。只要在同一時間位於同一空間的話，就算是「認識」嗎？

還是指有打過招呼或交談呢？抑或是在意彼此的存在時呢？

里美握著麥克筆，無法動彈。螢幕上的數字從 15:00 變成了 14:59。

為什麼不跟我討論呢？里美抬起視線，白色按鈕依然沒有亮起。

螢幕的數字變成了 14:59。「這問題未免太籠統了！」毅用拳頭敲打桌面說道。

「全憑個人的感覺！是要人怎麼回答？」

沒有回應，唯獨螢幕上的數字一分一秒地不斷流逝。

毅嘴裡嘀咕道：「冷靜點。」這當然是惡作劇，無論是誰幹的，都無聊到令人火大，但遲早都能重獲自由吧？

唯一能確定的，就是準備這個遊戲的人，直到遊戲結束前都不會將自己和里美從這裡放出去。

毅看了第一個問題後，選擇不按討論鈕就是出於這個理由。小丑雖然帶著打趣、戲謔的語氣說話，不過從他的聲音可以聽得出他極為堅持嚴守規定的決心。

現在只能遵守規則參與默契遊戲了。討論的機會只有三次，怎麼能浪費在這種簡單的問題上。

儘管擔心里美，但就螢幕上的影像看來，她似乎沒有受傷，雖然害怕得哭了，不過她本性堅強，一定馬上就能恢復冷靜。

雖然里美只穿著內衣褲這一點令毅感到不安，但他自己也處於同樣的情況，應該沒有受到什麼侵犯吧。既然確定里美平安無事，現下該思考的便是盡早逃離此地。

在這十五分鐘的期間，毅再次查看室內，四面牆與地板皆以鐵板構成，無論如何敲打猛踹，都完好無缺。

根據反射的回音可推斷鐵板是雙層的，淡紅色燈泡照射的天花板似乎也是以鐵板組成的樣子。

構造堅固，的確如小丑所說，某處應該有暗門存在，但毅卻遍尋不著。

他用手指勾住設置螢幕那面牆上所刻的幾道凹槽，試圖撬開牆面，卻行不通。

每隔幾分鐘，螢幕上便會映照出里美的身影，絕大部分都是她面向螢幕的畫面，可見上頭肯定有安裝攝影機。

想必里美也正看著自己的影像吧，她螢幕的相同位置，應該也安裝了攝影機。

不過，有時也會出現其他角度拍攝出來的影像，所以勢必還裝了其他攝影機。應該是在牆面的某處或是天花板的四個角落吧。

從拍攝的角度可以推測出大致的位置，但他目前卻找不到攝影機本體。室內光線昏暗，難以查看角落。麥克風和擴音器應該也藏在某處吧。

實在毫無頭緒，毅不禁搖搖頭。竟然準備這種驚喜送給新郎新娘，絕對要遏止這種歪風，逃出這裡後，他打算提出告訴。不過，心底又掠過一絲疑惑：說是驚喜，未免也做得太徹底了吧？

為何要做到如此地步？這麼做有什麼好處？

這間密室本身和其他設備看來花費不少金錢，放在馬桶後方的一千萬鈔票也是真鈔，並非製造驚喜所能準備的金額。

毅強忍著揮之不去的不安，大喊：「究竟是誰幹出這種好事！」

回應他的，卻是一陣警示音。螢幕不斷閃爍著紅藍畫面，顯示出 1:00 的數字，答題時間只剩一分鐘。

毅對這題的答案很有自信，他怎麼可能忘記自己是在何時何地認識里美的。出題的人真是自作聰明。

在田崎里美入職前，就因人事部洩露她是經營管理部門館山董事的外甥女，還是以名媛學校出名的朱空大學校花，引起全公司熱議。說洩露有點太誇張，應該說人事部門有機靈的職員在吧。

毅在入社典禮初次見到里美時，她的美貌格外出眾，其他新進職員根本望塵莫及。但不會有人將當時的事當作「認識」，因為從里美的角度來看，自己不過是兩千名總公司職員之一罷了，應該連自己叫什麼名字都不知道。

之後，里美作為約五十名新進職員的其中一人，參加了營業部的職前訓練。當時是自己負責說明業務內容，但那也不叫「認識」。

公司有二十多個部門，近百個課別，里美不可能記得職訓期間發生的事。

時至六月，里美分配到秘書課，在秘書課工作了四年左右，而營業部與秘書課之間並沒有直接的關聯。

在走廊擦肩而過時，曾經與她點頭致意過，但那也算不上「認識」。

所以，兩人是在兩年前里美調到營業部時「認識」的。毅動筆將答案寫在寫字板上。

毅負責指導分派到自己所屬的營業第一課的里美和另一名女職員，在與兩人交談後，才漸漸對里美產生好感。

後來才得知里美也是如此，當時是兩人第一次「認識」。

必須經過一定的交談和接觸才能稱之為「認識」，否則每天在車站或通勤電車中遇見的幾百、幾千人都算「認識」了。以常識來思考，根本不會稱之為「認識」。

「還剩十秒。」此時傳來小丑的聲音。「寫好答案後，請將板子朝向螢幕。」

「跩什麼跩，以為自己是國王嗎！」毅唾棄地說完後，將板子朝向螢幕。

「時間到。」話音剛落，畫面便切換成小丑的影像。

「兩人都出示答案了。那麼，Open the answer！」

螢幕映照出里美的身影，手上拿著寫字板，左右游移著視線。

毅凝視板子上寫下的文字後，無奈地閉上雙眼。上頭寫著「六年前的入社典禮」。

「答錯了！」

小丑邊拍打著桌面笑個不停。「真是遺憾！」

⌛

拍桌大笑的小丑、手拿寫字板臉色蒼白的里美，以及目瞪口呆的自己的臉，交互顯示在螢幕上。

「夠了沒！」毅將寫字板摔到地上。

「你要笑到什麼時候？你的聲音我聽了就火大，給我閉嘴，王八蛋！」
小丑道歉「失禮了」，恢復正經的表情。與此同時，毅對里美感到愈來愈煩躁。怎麼會寫六年前的入社典禮。
自己的確是當時看見里美的，由於在她尚未進公司前，就已成為公司的話題人物，因此引起他的好奇心。
不過，那終究只是出於好奇，並非是想實際跟她交往。
倒是里美，是何時覺得「認識」自己的呢？也許是在大會堂的走廊擦肩而過時，但那稱不上「認識」吧。
里美是千金小姐、大家閨秀，個性多少有些少根筋，只是沒想到會扯到這種程度。
小丑動了動他鮮紅的舌頭說：「真是非常抱歉。
「因為過去沒有第一題就答錯的例子……加上兩位看起來一副自信滿滿的樣子，所以我以為你們一定會輕而易舉地答對，才不小心笑了出來。作為司儀不該如此失態，本人深表反省。」
「算了，」毅從正面瞪視螢幕。「你要怎麼想是你的事，但我有話想說。不覺得你問的問題很奇怪嗎？」
「你是指哪裡奇怪呢？」小丑歪頭表示不解。毅怒吼道：「意思太過含糊了！

「你沒有說明『認識』是指什麼，每個人對『認識』這個詞彙的定義各不相同，怎麼可能答對，根本是場鬧劇。」

「哎呀哎呀。」小丑頭歪得更偏了，幾乎碰到了肩膀，就像真正的人偶一樣。

「兩位不是在結婚典禮上宣讀過誓詞嗎？說要互信互愛、互相理解、心靈互通，難道都是騙人的嗎？」不可能的。小丑歪著頭，大幅度地朝左右張開雙手：「我敢斷言你們兩位是我過去見過幾百幾千幾萬對情侶中最適合的一對。你們對彼此的愛情想必比任何人都要更強、更深、更大吧。結婚誓詞根本沒有摻雜謊言的餘地，對吧？」

毅皺起臉孔說：「少在那諷刺了。」小丑慢慢地將頭恢復原狀：「失禮了。

「當然，就算愛得再深，想法多少有些出入也是人之常情，畢竟光是性別造成的想法差異就很大了。第一題就明白這一點，對你們兩位之後進行默契遊戲時反而有利吧。」

「我不想玩了。」毅表示拒絕。自己受夠小丑、默契遊戲還有這種狀況了。

「不過，請容我給你們一個忠告，」小丑開口，「我一開始說過，你們有三次討論機會。恕我直言，你們是不是把這個遊戲想得有些簡單了呢？」

「簡單？」

「把默契遊戲，也就是 Answer Game 這個名稱中的 Game 理解成遊戲，我認為並不妥當。翻開字典，Game通常指的是玩耍、遊戲，但語源其實有戰鬥、狩獵、獵物之意。為了在戰鬥中取得勝利，制定戰略很重要吧。在開始戰鬥前，你們兩位應該先討論，也就是開作戰會議才對。

「我勸你們最好認真面對。」小丑說完後便沉默。

毅吶喊道：「這種鬧劇是要叫人怎麼面對！」隨後，他的耳邊響起「執行懲罰」的聲音，天花板的紅色燈泡同時熄滅。

「十秒後，螢幕也會變暗，你們將被留在一片漆黑之中。伸手不見五指想必令人不快吧，本人深表同情。」

話音剛落，螢幕畫面便同時消失，整個室內瞬間陷入黑暗。

「你鬧夠了沒啊！」毅站起來時腳撞到桌子，痛得他按住膝蓋。

「喂，聽我說！你先把燈打開。你到底想幹什麼啦！」

毅強忍著本能湧上心頭的恐懼，大聲吶喊，卻沒有得到任何回應。

「你到底想怎樣！」毅摸索自己的身體，撞到的膝蓋痛歸痛，但似乎沒有流血的樣子。

「這樣什麼都看不見，還玩什麼默契遊戲啊。我不知道你想做什麼，總之，先把燈打開！」

毅離開椅子，小心翼翼地前進，往前伸手觸碰到了牆壁。他在什麼都看不到的黑暗中探索牆壁，但牆上沒有任何縫隙。

毅一邊低喃著「可惡，為什麼啊」，一邊勸自己要冷靜。

自己是被人綁來這裡的，所以肯定有出入口。就算牆上有嵌暗門，照理說應該會有門把或把手。

無論自己再怎麼敲打牆壁和地板，別說損壞了，連凹陷也沒有。根本是銅牆鐵壁。

這不是惡作劇嗎？如果不是，這麼做的目的是什麼？

毅百思不解，聚精會神地凝視四周，依然一無所獲。

⌛

黑暗中，里美坐在椅子上抱著自己的肩膀，身體不住顫抖。恐懼與不安令她頭腦一片混亂。

她不知道喊了幾次快開燈，卻毫無回應。不知不覺間，吶喊轉變為嗚咽，最後連嗚咽都停止。

里美發現自己過度換氣，慢慢深呼吸後，才終於冷靜了一些。腦海裡掠過毅和父母的臉，但她明白即使向他們求救也無濟於事。

里美嘟囔道：「第一題答錯是自己判斷錯誤。」理當就「認識」這個詞的定義再深思熟慮才對。應該說她當時太過驚慌，根本無心思考。

以常識來思考，「認識」這個詞彙還包含溝通過的意思。不過，由於問題太籠統，並未具體表示「認識」是指什麼意思，解釋會出現分歧也無可奈何。

毅也有責任。正如小丑所說，一開始應該先討論，也就是彼此交談才對。在這種狀況下，必須優先確認彼此的安危，而最快的方法就是交談。光是聽見聲音，就能分享彼此的感覺吧。

只要事先討論，像「在何時何地認識」這麼簡單的問題就不可能答錯。

里美了解毅的想法，因為他是個腦筋動得快、優秀的商務人士。討論的機會只有三次，他不想為了簡單的問題浪費一次機會吧。也不能說他做錯，若從優缺點和效率方面來思考，確實是正確的選擇。里美心裡明白，卻覺得有些惱怒。

處於異常狀況下，無法保持理性計算利益得失，不是人之常情嗎？

毅不擔心我嗎？不想確認我是否平安嗎？

里美透過螢幕看見毅只穿內褲的模樣，他應該也看見我的模樣了吧。

想必毅也像我一樣檢查過自己的身體，確認是否遭到戲弄或受傷吧。

確認完畢後，判斷我應該也和他一樣。事實上我也確實毫髮無傷沒錯。但既然是戀人和丈夫，通常不是都會擔心對方嗎？

里美愛毅，和他結婚覺得既幸福又喜悅，但心中卻對一件事感到不安。

毅總是以計算為優先，任何事都重視效率。

他是以優秀的成績畢業於一流大學的菁英分子，在公司的年輕職員中也擔任頂尖的職位。事事處理周到，上司、前輩對他讚譽有佳，也頗受同事的愛戴。

里美認為他是理想中的男性，從他提出交往時起，自己就打算和他步上紅毯。不僅相貌堂堂，各方面也魅力十足，沒有男人比他更適合託付一生。

不過，偶爾會有一瞬間，他的完美讓里美很介意。不是批評的意思，那也是他的魅力之一，甚至讓人感到可靠。但是，她確實仍耿耿於懷。

他判斷沒必要討論，就沒按下白色按鈕。雖然自己心裡明白那是正確的選擇，但在這種情況下，里美還是想聽聽他的聲音。

若是聽到他一句關心，自己或許就能更加冷靜地思考了吧。

不過，里美搖搖頭。現在還來得及。毅應該已經察覺到自己的過錯，並且知道要改進。

這種狀態不可能永遠持續下去。小丑說過默契遊戲總共有十個問題。

在這一團漆黑中，根本無法在寫字板上寫下答案。遲早會開燈，現在只能等待。

里美嚥下口中積累的唾液，她現在想要的是燈光和水。

大概是因為集中精神思考的緣故吧，身體已不再顫抖。

⌛

黑暗中，毅逐漸喪失時間感，一分鐘感覺像一小時那樣長。還是他把一小時誤以為是一分鐘呢？

他呼喚了幾次小丑，卻沒有得到回應。剛開始還發得出聲音，如今喊破喉嚨，聲音如老人般沙啞。

毅滿腦子想的都是水，好想喝水。

結婚典禮續攤後，走進飯店房間時喝了礦泉水，在那之後便滴水未沾。

正方形的房間幾乎是完全的密室，也不通風，因此格外地口渴。

毅確認過廁所，型式跟茅廁一樣，是無法沖水的構造。明明沒有攝取水分，卻依然有尿意，毅在黑暗中解手了兩次。

毅坐在地板上呻吟：「饒了我吧。」一陣寂靜後，傳出小丑的聲音。

「感覺如何？默契遊戲好玩嗎？很可惜，你們答錯了第一題，不過遊戲尚未結束，還有機會挽回——」

「我不玩了。」毅抬頭說。

「我放棄總行了吧？這種狀況明顯是綁架監禁。你如果打算擄人勒贖，我父母跟里美的娘家也算有一點錢。要求贖金的話，永和商事應該也會答應你吧。你想要多少？」

小丑說：「真令人心寒呢。

「綁架監禁？擄人勒贖？才不是那種犯罪行為，這是默契遊戲。」

「聽你在放屁！這哪裡是遊戲了？」

「付錢就放人的遊戲，有什麼樂趣可言？」小丑咂舌道。「誰會對那種無聊的遊戲感興趣。聽好了，規則很簡單。只要通過默契遊戲，你就能重獲自由，還能獲得豪華商品和高額獎金，沒有什麼遊戲比這更公平了吧？」

「哪裡公平了啊。」毅扶著固定在地的椅子站起身，隨後一陣沉默。

「我必須承認自己判斷錯誤。」室內響起小丑的嘆息。「畢竟兩位是前所未有、相親相愛的最佳情侶，沒想到第一題就答錯。都怪我。因此，我有個提議，你願意姑且一聽嗎？」

「什麼提議？」毅強忍著怒火，吞嚥唾液。

「我利用司儀的權限，設置五分鐘讓你們談話。

「如何？」小丑說。不等毅回答，正面的螢幕便突然亮起，令他不禁用手心遮擋雙眼。

黑暗中顯示出里美的臉。光線並不明亮，但對已習慣黑暗的眼睛而言，依然覺得刺眼。

想必里美也是一樣的感受吧，只見她按住眼睛，不斷眨眼。

傳出小丑「請直接靠近螢幕」的聲音的同時，螢幕下方的蓋子應聲而開。

「請使用裡面裝的PHS來談話。」

毅將手伸進去後，觸碰到一樣硬物，拿出一看，竟是近來少見的小型PHS。

他毫不猶豫地撥打一一〇，回鈴響起第二聲時，電話便接通。

「救救我！我叫樋口毅，是東京永和商事的職員。我被一個來歷不明的人綁架，不知道關在哪裡，只要追查訊號來源——」

「真遺憾。」毅的耳邊響起這個聲音。

「你做得沒錯，任誰都會報警求救吧。」可以聽見小丑抿嘴發笑的聲音。「不過，我早已預料到會有這種情況發生，因此那支PHS無法撥打外線電話，只能撥打內線，無論撥打一一〇或一一九，接起電話的都會是我。」

「那你乾脆一開始準備對講機不就好了！」真愛搞怪，毅握緊PHS說。「你是故意準備PHS的吧？是在捉弄我嗎？」

「不是的，」小丑說。「若是用普通的對講機，有可能會被一些人聽見，使用PHS就不需擔心這樣的問題。你想跟我說話，我隨時奉陪，不過這樣好嗎？還是跟里美小姐——」

「讓我跟里美說話！」毅將PHS亮到螢幕前。

「那麼請按1，」小丑說，「這樣就能和里美小姐通話。請注意，PHS已事先設定為一旦開始交談，五分鐘後便會自動切斷通話，奉勸兩位挑重點講。」

毅切斷與小丑的通話，手指放到1的按鈕上，卻突然閉上雙眼。

冷靜點，先思考一下。

小丑說得沒錯。五分鐘很短，若是沒有脈絡想到什麼就說什麼，時間一下子就用完了。

毅勸自己先整理好要點，首先確認里美是否平安無事。

然後傳達彼此的狀況，再問里美有什麼記得或知道的事。

如今小丑是誰、這裡是哪裡已不再重要，找出線索逃離這個房間才是第一要務。

當然，也必須討論默契遊戲的對策。因為離開這裡最快的方法，就是通過遊戲，

並且——

此時突然響起來電聲，毅不假思索地便按下通話鍵。

⌛

「里美。」耳邊響起沙啞的聲音呼喚自己的名字。「毅！」里美聲嘶力竭地回答。

「你在哪裡？這是怎麼回事？求求你救救我！」

「冷靜一點，」毅說。「妳先冷靜下來，我也不知道是怎麼回事。妳沒事吧？有沒有受傷？」

「我沒事。」里美強忍著淚水說道。毅也感到十分混亂吧，他的聲音摻雜著不安和恐懼。

「我在螢幕上看到妳的影像了，妳也有看到我吧？我們兩個都只穿內衣褲，

對吧？」

里美輕輕點頭回答：「嗯。」毅試圖憑意志力壓抑膽怯，我也必須如此，里美用右手摀住差點大叫出聲的嘴巴。

毅低聲呢喃：「我仔細地調查過我這邊的房間了，這裡是用鐵板製成的，近似正方形的箱子，沒有門窗。妳那邊呢？」

「一樣。」里美回答。

「果然如此，」毅將聲音壓得更低了。「大概是運送貨物的貨櫃吧。我去年到杜拜出差時，有跟資材部的同仁一起參觀過，構造十分相似。妳有發現其他事情或記得什麼事嗎？妳是怎麼被送來這裡的？」

里美忍不住大喊：「不要問我！」她慌得腦袋一片空白。

「毅，救救我！你在哪裡？為什麼我非得遇到這種狗屁倒灶的事不可！」

毅怒吼著要她冷靜點。

「現在沒有時間說那種話了，我只知道小丑對我們的事瞭如指掌。不知道他是怎麼調查的，他說已經取消掉我們的飯店和機票。從他的語氣來判斷，應該是真的。而且不只他一人，有一大群人在行動。出現在檯面上的只有小丑一人，但背後肯定有更龐大的人數。一個人怎麼可能做到這種事。」

「分析這種事有什麼用？」里美搖頭說，「你為什麼沒有按下討論的白色按鈕？我按了。要是在答題前有交談的話，就能答對了。」

「有必要討論那種簡單的問題嗎？」毅嘔氣似地說道。「小丑不是說只有三次討論機會嗎？三次而已耶，妳要我無謂地浪費掉一次嗎？」

毅乾咳了一下接著說：「聽我說，我們被監禁了，別說對方的真正目的，我們連自己位於哪裡都不知道。要離開這裡，看來只能配合他玩默契遊戲了。他說只要答錯次數不超過兩題，就會放我們離開。我們能做的，只有答對題目。」

小丑插嘴說：「還剩一分鐘。」

里美大喊：「該怎麼辦？」

「題目本身或許不難，但難就難在我們兩人的回答必須一致，不是嗎？」

毅說，必須配合其中一人。

「即使問題相同，但只要理解或解釋不同，答案就會出現分歧。為了防止這種情況發生，只能配合其中一人的想法。」

小丑冷漠無情地說：「三十秒。」毅加快語速告知里美自己會配合她。

「妳只要照自己的想法回答就好，我會以妳的角度思考，知道了嗎？小丑說有三十分鐘的時間回答問題，撐到最後再回答。我會在這段期間找到出口——」

小丑說出「時間到」的同時，通話被切斷。里美吶喊毅的名字，電話那頭卻毫無回應。

螢幕上映照出毅握著PHS呆立的身影。里美一再按下PHS的按鍵1，依然無人回應。

螢幕熄滅了一下，畫面再次亮起朦朧的光線。出現在畫面中的小丑說：「談話時間結束。」里美慢慢在椅子上落坐。

小丑浮現笑容：「你們已經確認過彼此的安危，交流了意見。

「之前也算是因為我誤解，聽你們提起，才發現自己出題時沒有提示，不過接下來就不會了。別擺出一張苦瓜臉，積極地應戰吧。想法消極也不會有什麼好事發生，抱持樂觀的想法才會帶來好運！」

「求求你，」里美十指交扣，抵在額頭說。「停止吧，做這種事到底對你有什麼好處？至少給我水喝，我口渴得無法思考。」

小丑深深頷首道：「真是令人同情。

「不過，這世上有更痛苦的人存在。衛生環境差、生病，或是為貧困飢餓所苦的孩子們，請想想位於戰火中的人們。不過幾小時沒喝水，不會死的。」

彷彿無視里美提出她喉嚨痛的請求，吹奏樂曲再次響起。

「好了，打起精神吧，進行下一階段。請看第二題！」

螢幕切換畫面，顯示出文字。

「你們第一次約會是在哪裡？」

文字直接在畫面下方以跑馬燈的形式滑動，只有 30:00 這個數字呈現特寫。

「那麼，請你們開始回答第二題。」小丑話音剛落，數字便開始倒數計時，變成 29:59。

里美用力握緊雙手，逼自己振作。雖然時間不長，但能和毅說上話，已經足以支撐心靈。

毅說得沒錯，思考小丑的真實身分、尋找把他們兩人帶來這裡囚禁，設置愚蠢遊戲的傢伙是誰根本毫無意義。哪來那種美國時間。

現在能做的只有兩件事，一件是憑一己之力調查出逃離這個房間的路線，另一件則是通過默契遊戲的考驗。

里美自認為已經盡己所能查看過整個房間。與其說是房間，不如說是箱子，說得更正確一點，則是牢籠。

四面的牆壁與地板皆為鐵板，沒有一處空隙。手觸碰不到天花板。構造堅固，除了焊接固定在地板上的鐵管椅、桌子和廁所外，空無一物。因此憑一己之力根本無可奈何。

毅說他查看過房間，照理說沒有一樣東西能作為工具使用。不過，只要在牆壁或地板上找到一點點裂痕或隙縫，或許就能破壞那個部分。

若是順利逃離牢籠，也可能尋求幫助吧。只能將希望寄託外界了。

如今非做不可的，就是通過默契遊戲了。里美注視寫字板，由於螢幕光線微暗，只能看得見手邊範圍。

她必須思考兩人第一次約會的地點在哪裡。

和第一題一樣，約會的定義很籠統，憑個人主觀愛怎麼解釋都可以。

里美不知道該如何回答，但她自認為十分清楚默契遊戲的意圖。問題並沒有正確解答。

……只要兩人的回答一致便可。

里美望向螢幕。兩人第一次約會是在哪裡呢？

這不難，她點點頭想著。因為範圍比第一題「兩人是在何時何地認識」的問題更小，對答題者較有利。

解釋「認識」的定義有個人差異，但「約會」就與兩人的意志大有關係了，也可說是意識吧。

只要思考兩人見面時認為是「約會」的事情就好。由於有限定時間範圍，篩選條件也相對容易。

只要考慮自己兩年前調到營業部以後的事情便可，她也仍記憶猶新。

正確來說，自己是在兩年兩個月前的四月一日調到營業部的。營業部有五個課，自己分派到營業部第一課，是毅隸屬的那一課。

里美與晚自己一期的後輩島崎杏一起調到營業部第一課，兩人一起在年資三年的前輩毅手下工作。之後的九月，兩人身為營業部職員各自有負責的業務，在毅的手下工作不到半年。

第一個月主要是介紹給客戶認識。視情況而定，有時一次要見十個客戶，交換名片，被要求記住客戶的長相和名字。

與同期調到營業部其他課的人相比，自己算很幸運。毅確實是個善解人意的前輩。既不會硬性要求自己留下來加班，與其他公司開會時也會抓準時機放自己離開。

里美認為他是個會若無其事體貼入微的人，下達指示毫不含糊，幹練的工作態度也令人尊敬。因此開始注意他，對他產生好感。

若問她是從何時對毅產生好感，她也說不上來，只是在調職一個月後，發現自己一顆心都懸在他身上。

由於工作內容與之前待過的秘書課完全不同，有許多事必須從頭學起，與杏一起擔任毅的助手，幫他處理工作，是里美每日的職責所在。

有時工作到很晚時，她會跟杏還有毅三個人一起吃完飯再回家，但這稱不上是約會吧。

當時他們兩人互有好感，也隱約察覺到彼此的心意，但兩人是同一課的職員，加上毅負責教新人的立場，兩人的關係遲遲沒有進展。

再加上認為應該以熟記工作為優先，便把毅當作是單純的前輩來看待。儘管之後一起吃飯喝酒的機會變多，里美依然默默在心裡決定除非是三人聚餐才答應邀約。

不過……里美拿起寫字板。七月初的大熱天，自己曾與毅兩人共進晚餐。

那天為了製作簡報用的資料，在公司待到很晚。而杏因為有私事要處理，先下班了。

已經晚上九點了，里美終於完成資料，與毅兩人一起離開公司。那是她第一次與毅兩人單獨吃飯。

里美低喃：「那時我發出了訊號。」刻意散發出希望他約自己的氣息。

毅大概有接收到我發出的訊號吧，便邀請我到義大利餐廳用餐。兩人喝著葡萄酒，聊得還算開心，但那次也不算約會。里美搖頭否定。

聊的都是工作上的事，也沒有去續攤。在地下鐵的驗票口分開，各自回家。僅止如此。

既非事先約好見面，也沒有談論特別的話題，那稱不上是約會。

過了約一個月的八月初，毅才直接開口邀請自己。那天整個營業部去啤酒屋喝酒消暑，回程時，走在前方的毅若無其事地靠近她，在她耳邊呢喃：「這個星期日有空嗎？」當時起雞皮疙瘩的感覺，里美至今仍記憶猶新。

「我有一部電影想看，」毅裝作一副泰然自若的模樣說道。「方便的話，要不要一起去？」

里美假裝猶豫了一下，接著小心不讓其他課員發現地輕輕點頭答應。雖然覺得他邀約的方式真的很老套，不過開心的心情凌駕其上。

當週星期日，兩人碰面後，一起前往澀谷看電影。怎麼想，那都是第一次約會吧。不過，當時兩人只有一起看電影而已。本來預定隔天去札幌出差的毅，為配合對方的時間，必須在星期日當天抵達札幌，而臨時訂的航班是傍晚出發，因此連喝杯茶的時間都沒有。

見面時，毅說明完原因後向自己道了歉，自己也認為既然是工作也無可奈何，予以諒解。即使如此，看著毅在電影播放片尾字幕時衝出電影院的背影，自己還是不由得嘀咕道：「這不是約會嗎？」

之後，兩人曾為了這件事吵過幾次架。與其說是吵架，不如說是挖苦對方或許比較貼切。

里美調侃毅有個性冷漠的一面，毅則是狡辯說他才沒有。兩人鬥嘴鬥得不亦樂乎。兩人真正開始單獨見面，是在時序進入九月後，當時自己和毅確定對彼此都有好感。

我藉口說有其他部門的男同事提出想和自己交往，自己不知道該如何回答，想約他商量這件事。但我們兩人都知道那只是表面上的說辭。

雖說是九月上旬，但因為秋老虎發威，天氣依然炎熱。兩人一起去美術館，接著到西班牙小酒館喝酒，毅就是在當時提出和自己交往的。就真正意義上的約會而言，是否該說是這一次見面呢？

不對，並非如此。我想太多了。里美用力搖頭否認。

毅約我看電影時，我將那理解成約會。他約我時也不知道前一天星期六會更改出差時間。

他是當作約會而提出邀約，而我也是如此認為。那時果然是第一次約會。

不過，里美握著麥克筆，再次思考。

最開始七月初兩人單獨吃飯時，我認為那是約會。我在心中對毅傾訴自己的心意，希望他提出邀約。

即使沒有任何約定，當時我就是想和他在一起。那難道不是約會嗎？

毅說他會配合我的想法回答。既然如此，我是否該按照自己的心情，回答那時就是第一次約會呢？

別想得太複雜。毅說會配合自己，他揣測人心的能力比任何人都強。

更何況是自己的妻子在想什麼，毅肯定能心有靈犀一點通。

因為，我們彼此相愛。比任何人都更了解彼此。

沒必要猶豫，只要按照自己的想法寫就好。如此一來，兩人的答案就能一致。

「第一次約會是在澀谷看電影。」

里美在寫字板上寫下答案，卻沒有立刻按下桌子右上方的紅色按鈕。

毅應該正在尋找出入口。最好等到時間快到時再按，以便爭取時間。

里美將寫字板蓋在桌上，靜靜閉上眼。汗水沿著後頸流下。

出入口在哪裡？毅摸索著牆面，不斷在室內行走。
光源僅有螢幕散發出來的微弱光芒，幾乎什麼都看不見。只能靠觸摸牆壁來確認。
在這段時間，思緒依然千迴百轉。安排這場惡意滿滿的惡作劇的，不只一人。包含小丑在內，至少有四、五人，搞不好有十人以上也不無可能。
有好幾項依據能證明。首先，把自己和里美從飯店綁來這裡，不是一個人能夠做到的。
而且對方肯定在事前精心安排過。飯店客房放置的葡萄酒、香檳、冰箱中的飲料，甚至是蛋糕和點心中大概都加了安眠藥吧。
自己和里美兩人在婚宴和續攤的場合都喝了不少酒，雖然是有喝醉，但絕不可能突然被睡意侵襲。
之所以連想沖澡上床入睡都做不到，一定是因為房內所有飲食都摻入了安眠藥的緣故。
只要藉口是朋友送的賀禮，把葡萄酒、香檳送進房內並不困難。蛋糕和點心也是同樣的道理。

不過，無法保證夫妻倆一定會入口。婚宴和續攤結束後的新婚夫妻十之八九已身心俱疲，這是基本常識。通常會不想再喝酒。

實際上，兩人也只喝了一口香檳而已，葡萄酒則是一口都沒碰。不管加了多強的安眠藥，都不可能像那樣睡得不省人事。

然而，姑且不論酒類，那些傢伙猜想兩人總會喝點什麼吧，所以在冰箱的所有飲料都加入了安眠藥。

看似簡單，實則不易。只能推測對方收買了飯店人員，把冰箱裡的東西全部掉包。對方能闖進房內，就是上述推測的根據。房間是自動鎖裝置，房門會自動上鎖，無法從外部打開。

那些傢伙，不，最好稱之為犯人吧。犯人早就準備好萬能鑰匙或備用鑰匙，所以才能輕易地進入房內。

除了飯店人員，沒有人能做到。有飯店人員被收買嗎？還是應該認為參與這項計畫的人從一開始就在犯人同夥中？

那群犯人利用某種方法將我和里美運到門外。比如說，可能是裝進大型行李箱。如此一來，便不會遭人懷疑。

接著乘車移動。我對自己的推斷十分有把握，不過現在自己所處的牢籠是一種貨櫃，這種東西不可能存在於市區，也難以想像會擺放在公司之類的建築物中。想必是位於有貨櫃也理所當然的場所吧。例如碼頭或資材放置場。

不過，令人百思不解的是，犯人究竟是如何把自己和里美放進這個牢籠貨櫃的？一定有某種形式的出入口，但為何遍尋不著？

而且，如果小丑沒說謊，當通過默契遊戲時，自己和里美就能離開這座牢籠。但他到底是打算將兩人從哪裡放出去？

毅所屬的營業部第一課，主要負責的是石油、天然氣、石炭等能源相關業務，因為工作性質的關係，經常可見貨櫃這類的物品。所以他知道以構造而言，有些貨櫃的牆壁本身就兼備出入口的作用。

因此他特別仔細查看四面的牆壁。小丑也說過有暗門，至少必須有縫隙才行，若是完全密合，便無法開啟關閉。

然而，無論確認多少次，依然找不到任何縫隙。毅心想這到底在搞什麼鬼，火大地踹向牆壁，結果也只是弄痛腳趾而已。

螢幕上的數字變成了9:59，剩餘時間不到十分鐘。

毅琢磨著尋找出入口的事等等再說，便往椅子上一坐。

「第一次約會在哪裡？」

毅不禁怒罵：「可惡！」自己總算明白犯人們有多狡猾。

任誰都會認為這問題很簡單吧。若是在酒席上被朋友問這種問題，自己和里美兩人肯定能輕而易舉地回答，並且答案一致。

不過，此刻的狀況不同。現在的他們無法正常思考事情，兩人的處境就是如此異常。

小丑那群犯人的目的就在於此吧。施加精神壓力，令他們混亂，試圖將原本能簡單答出的回答，偏離到其他方向。

追根究柢存在的就是惡意。無庸置疑。也可說是憎恨。

他想不到有誰會對自己抱持如此強烈的敵意。自己從小學到大學畢業都是班上的風雲人物、人緣很好，令他引以為傲。

加上朋友多、交遊廣闊，但他明白這個世上有人會嫉妒這樣的人，因此總是提醒自己人際交往間要保持分寸。

當然他也不曾欺負過誰，反倒很厭惡這種行為，所以沒理由也沒必要欺凌別人。

進入社會後也一樣。他明白上班族的嫉妒心很強，因此絕不出鋒頭，以團隊獲得成果為目標。

分配到營業部第一課的第二年，他加入的專案小組談妥了一筆大生意。原本交涉陷入膠著，是自己出的主意打破了僵局。

周遭的人對這件事讚不絕口，但他認為這算是一種新人運，並未得意忘形，也不曾誇耀是自己的功勞。

之後上司交付的工作也順利完成，即使遇到困難，也憑著一股熱忱全力以赴。那是自己努力而來的成果，絕非受上司偏愛或走狗屎運。

但他也不認為自己人見人愛，可能會有人討厭自己吧。不過，他無法想像有人會暗藏如此強烈的恨意。

這方面，里美也大同小異。父親是龍頭銀行的分行長，母親則是前空服員，不僅生長在富裕的家庭，面容也十分姣好。

或許會有人看不慣她那種大家閨秀、千金小姐的背景，但他知道里美能巧妙地掌控人際關係。

不僅個性平易近人，待人又溫柔開朗，朋友眾多，頗受年長男女職員的疼愛。從任何層面來看，都不可能樹敵。

若要說哪裡有問題，就只有里美是靠關係進公司的。應該有人看不慣這一點吧。

大家都說他們兩人的結婚是俊男美女情侶檔組合，也有人當面調侃過，但他自認為打哈哈帶過的功力還不錯。

可能有人會覺得自討沒趣，但若是有人抱持如此明確的敵意，自己理應會發現才對，卻絲毫沒有頭緒。

時限剩不到五分鐘，現在先集中精神回答問題吧。反正之後還有時間可以慢慢想。

第一次約會是指何時，端看自己與里美如何定義。

鮮少有情侶強調「今天是約會」，確認過彼此的意志後才開始約會。彼此心照不宣才是約會。

兩人第一次單獨吃飯，是在下班後去義大利餐廳時。那是里美調到營業部三個月後的七月初。

自己雖對里美有好感，但兩人之所以會獨處，是因為島崎杏有私事要處理，先行離開，並非自己刻意為之。

當時只是吃了個飯就分開，但決定結婚後，里美曾抱怨：「早知道就更早交往了。

「還以為你會邀請我再去續攤，結果你從頭到尾都沒提起，害我覺得好失落喔。」

我問：「那妳主動邀請我不就好了？」結果里美笑著回答：「女人心是很微妙的。」也就是說，里美當時也有約會的感覺囉？

螢幕上的數字變成了 2:40。毅拍了拍自己的臉頰，逼自己集中精神。

之後，八月初整個營業部聚餐時，我在回程途中邀請她看電影。自己是提出約會的邀請，里美應該也心知肚明才對。

他們兩人一起去澀谷看電影。照理說，那是第一次約會。

不過，當時原定行程突然有變，看完電影後必須立刻前往羽田機場，連話都沒說上幾句。那樣可以算是約會嗎？

出差回來不久後，里美說有事想找他商量，兩人因此見面，自己便在那裡和她告白。

之後休假時再正式約她去美術館，在西班牙風酒吧喝酒喝到臨近末班車時刻，最後送里美回她家所在的千馱谷。真正意義上的約會，應該是指那時候吧？

「剩下一分鐘。」小丑發出聲音。

問題在於里美是怎麼想的。兩人曾單獨吃過飯、一起去看電影、表白成功後去了美術館，接著在酒吧共度時光。

毅搖頭要自己別以自己的思維思考，重點是里美認為何時是第一次約會。

毅舉棋不定，握起麥克筆。數字不斷倒數著十、九、八……

他只好咬牙在寫字板上飛快地寫下答案。

天花板響起擂鼓聲。毅手持寫字板，凝視螢幕。

里美顯示在液晶螢幕中，她的寫字板上寫著「澀谷的電影院」。

毅放鬆肩膀，額角流下一道汗水。接著傳來小丑「答得漂亮」的聲音。

「哎呀，令人佩服，不愧是天作之合。」螢幕切換，變成小丑拍手的畫面。「我說得沒錯吧？默契遊戲不難，只要彼此有愛，輕而易舉便能答對。畢竟你們兩位是天造地設的一對，我相信你們一定能答對。怎麼說……」

「夠了，」毅將寫字板摔到地上。「別再扯那些有的沒的了，你尖銳的聲音讓人聽起來很不爽。你是故意惹我生氣的嗎？」

「怎麼會？」小丑在面前揮了揮手。「我是真心感到佩服。你們承認最初犯下的錯誤，有效利用通話時間，改正策略，這不容易做到。當然，必須有愛才做得到。」

「諷刺完了沒？」

小丑詢問毅是否有什麼要求，毅喊著快開燈。

「這麼暗，根本無可奈何——」

此時突然響起吹奏樂曲，小丑拍桌恭喜他答對。毅不明所以地抬起頭。

天花板的燈泡亮起，不是紅色，而是普通的白熱燈泡，將房間內部照得一清二楚。紅色燈罩掉落在地。

「Wonderful！」小丑再次拍手。

「因為回答得實在是太一致了，真是令我感動得起雞皮疙瘩呢。請將燈泡顏色的變化當作是我對兩人的敬意吧。」

「等一下！」毅凝視螢幕裡的小丑。

「你在說什麼？回答一致是什麼意思？不是還沒有出題嗎？」

小丑勾起嘴角微笑，表示理解他的問題。

「你是想問答對了什麼吧？那麼，請看畫面。」

畫面切換，映照出里美的模樣。右上角有一個小小的REC紅色文字，是錄影的影像嗎？

小丑問里美是否有什麼要求，站起來的里美大喊快開燈。於是燈泡幾乎同時亮起。

「這下你懂了吧？」再次出現在螢幕上的小丑說。

「兩位針對我提出『是否有什麼要求』的問題，偶然回答『快開燈』。由於回答一致，基於默契遊戲的規則，必須視為答對。請讓我恭喜你們，這下子你們通過了第三題。另外補充一句，兩位創下花費五十八分二十二秒的快速紀錄，這也是兩位愛的力量的見證吧。」

毅離開鐵管椅，靠近螢幕。

「我完全不明白你的目的究竟為何，我姑且不追究。但你到底是何方神聖？」

小丑歪了歪頭。

「我不是在問你名字。」毅觸碰螢幕。「反正你也不打算報上名號吧？我想知道的是，是誰指使你做出這種事的？拜託你告訴我。」

小丑豎起食指置於口前，低頭致歉，稱他有保密義務。「別再鬧了！」毅按住螢幕的手加重了力道。

「我知道你不是憑一己之力做出這種事，應該有別人參與。你有靠山吧？他們是誰？有什麼目的？」

「真是精湛的推理能力。」小丑豎著食指說。

「不能回答是嗎？」毅坐回鐵管椅。「不能回答也無所謂。不過，無論你們的目的為何，不覺得已經夠了嗎？我承認自己驚慌失措，里美也是，應該又驚又怕。如果你們的目的是嚇唬我們，應該已經達成了才對。」

小丑一語不發地搖搖頭。「你說過不是為了錢吧。」毅凝視他那雙如彈珠般空洞的眼瞳。

「但你應該知道有錢能使鬼推磨吧。小丑，放了我和里美，我就把這裡的一千萬和里美房間的一千萬全部給你。」

小丑轉了轉脖子說：「兩千萬圓嗎？」毅低聲回答：「不只兩千萬。」

「我剛才也說了，我和里美都還算有錢。可以跟父母或朋友借錢，也能跟公司借。全部加起來，應該能湊個五、六千萬。我把這些錢全給你，放我們走。」

「你知道永和商事的社訓吧？」毅接著繼續說下去。

「創始人轡田前會長留下的社訓是『員工是家人』，這個理念也傳承至今。儘管你說這是默契遊戲，但這明顯是綁架。身為家人的員工被綁架，無論要求多麼高額的贖金都會支付，這就是永和商事。而且，永和商事去年創下過去最大淨利。它可是擁有五百多家集團公司的大企業喔，肯定能拿出一、兩億以上。」

即使不是自己或里美，只要得知員工被綁架，有生命危險，相信公司一定會竭盡全力準備贖金。毅十分清楚「員工是家人」這條社訓代表的意義之重。

此外，二十年前收購的美國資訊科技公司所開發的搜尋引擎「ＱＵＢＥ」，這十年來快速成長，如今已成為絕大部分電腦與智慧型手機的標準配備。幾年前起便與GOOGLE、FACEBOOK這類所謂的ＧＡＦＡ並駕齊驅，如今被稱為ＧＡＦＡ＋Ｑ。永和商事不僅僅是綜合公司，就像集團公司永和ＱＵＢＥ進軍手機業界那樣，也擴大了資訊部門。即使要付十億圓贖回被綁架的員工，應該也不成問題。

小丑以雙手用力拍打桌面說：「不愧是永和商事的王牌。

「很擅長與人交涉，談判得非常精彩。不過，正如我先前說過的，我並不是為了錢才做這種事的。玩那種無聊的遊戲，你也不會少塊肉吧？」

「根據交涉，永和商事能支付數億圓的贖金，對你來說也有好處，你怎麼就是不懂呢！」

「聽好了，只要通過默契遊戲，兩位就能得到共兩千萬圓的獎金，還能享受機位和飯店升級的……」

毅擦拭額頭的汗水，他一次也沒說過他想要錢。

「我才不指望坐頭等艙、住豪華套房。只要放我們出去，我們會忘記一切，當作什麼事都沒發生過，也不會告訴警察。」

小丑沉默不語。毅大聲吶喊：「究竟要怎樣你才肯放我們出去！

「該怎麼做？我說過好幾次了，要錢的話，多少我都——」

小丑緩緩搖了搖頭，表示沒辦法。

「這是默契遊戲，除了過關，你們無法離開那個房間。」

毅靠著鐵管椅的椅背，朝地板上啐了一口唾沫。

「那你就快點出下一個問題，王八蛋！」

小丑皺起臉孔說：「真是沒水準呢。

「沒想到你竟然會說出那種話。不過，你能積極參與默契遊戲，倒是令我無比開心。積極的態度會招來幸運。那麼，如你所願，接下來第四題——」

這時，突然響起歡快的鈴聲。「哎呀哎呀。」小丑閉起單眼，張開雙手。

「偷偷告訴你，這世上是有階級差距的。富者愈富，貧者則愈往谷底墜落。運氣也是同樣的道理，幸運的人好運接二連三降臨，倒楣的人便永難翻身。人生勝利組和失敗組的藍圖是命中注定的。這是政治的責任呢？還是——」

毅插嘴道：「你到底想說什麼？」

於是，小丑改變語氣回答：「不好意思，剛才的鈴聲是『機會時間』的信號。話說回來，你們兩位還真走運，竟然才第四題就遇到機會時間……照這個走勢，應該會繼續幸運下去。真是讓人羨慕啊。」

「機會時間？什麼意思？」

「是非題。」小丑說。

「如果這不叫機會，那什麼才叫作機會？就算兩位隨便回答，答對的機率也有一半，而且有三十分鐘可以思考，跟過關沒什麼兩樣。」

毅拿起寫字板，表示只要回答是或否就可以了嗎？

「我第一次提起幹勁呢。」

正如小丑所說，是非題的答對機率有五成。說是機會時間倒也不假。

「那麼，第四題。」吹奏樂曲響起，蓋過小丑的聲音。

「**我曾經劈腿過。**」

⌛

「我曾經劈腿過。」

里美試著發出聲音，喉嚨沙啞，咳嗽不止。小丑說：「請冷靜。」

「妳還好嗎？慢慢深呼吸……」

里美用右手抵住喉嚨，要求小丑給她水。

「求求你，讓我喝一口水就好……這樣下去，我會發不出聲音的。」

小丑微笑地說里美太誇張了。

「你們離開飯店是大約十小時前。清醒過來也才經過一個小時出頭，怎麼可能發不出聲音。」

里美低喃：「你想做什麼？」小丑挺起胸膛回答：「玩默契遊戲。

「那麼，第四題是機會時間。之前你們向我抗議了好幾次，這次我就大發慈悲，向兩位說明劈腿在這題中的定義。」

「……什麼意思？」

「首先，不問過去。所謂的過去，就是指妳和樋口毅先生交往前談過的戀愛。」

里美無力地搖頭，說著聽不懂。小丑張大嘴巴開始說明：「樋口先生並不是妳的初戀情人吧。當然，若是像妳這樣的美女說以前不曾談過戀愛，就某種層面來說滿可怕的呢。以常識來思考，年輕健康的美女怎麼可能沒談過戀愛。」

里美按住太陽穴，腦袋隱隱作痛。

小丑說：「這題不是在詢問妳過去談戀愛時發生過什麼事。

「而是在問妳與樋口毅先生交往至今的這段時間。根據兩位的朋友在婚宴上所說，你們是在約兩年前開始正式交往的吧？交往至今的期間，妳是否有劈腿過，問題就是這麼簡單。」

「等一下，」里美將手伸向螢幕說，「我跟毅交往後，沒有劈腿過。我以前當然有跟其他男性交往過，但那時我也不曾劈腿……」

小丑嘆了一大口氣，接著彈響手指後，便流瀉出一段摻有雜音的年輕男子的說話聲：

「……我當然相信妳啊。可是……裕子妳也知道里美吧？她害我有多痛苦……長得一臉清純的模樣，竟然敢劈腿……我相信妳，我很想相信妳。可是，自從被她劈腿後，我再也無法相信任何女人了。我不是管妳管很嚴──」

里美不由自主地嘟囔著：「本多。」小丑點頭：「答對了！

「這是妳在大學二年級的夏天交往到年底的本多誠一郎先生與他女友野島裕子小姐講電話的聲音。野島小姐是誰不用我說明吧？她是妳外語系的朋友。」

小丑對啃咬著嘴唇的里美說：「妳跟同年十月認識的河村政貴先生也關係匪淺。」

「妳跟本多先生約好過聖誕夜，卻臨時放他鴿子，跟河村先生共度美好的一夜。依我看來，這是切切實實的劈腿。」

里美用力搖頭否認。

「跟本多交往沒多久後，我發現自己跟他個性不合，但又不敢提分手……我能理解他覺得自己遭到背叛，但我從很久以前就一直釋放出我們不合適的訊號，無法長久交往……」

小丑假哭著表示男人這種生物，感覺總是如此遲鈍。里美使勁緊握雙手為自己辯解：「我確實有開始跟河村見面，但只是吃吃飯、喝喝酒而已，如果這樣就叫劈腿，那不是都不能跟男友以外的男性說話了嗎！什麼劈腿，我哪裡劈腿了？」

小丑提醒里美：「妳說話變粗魯了喔。

「這我就難說了。只是很難想像妳跟河村先生之間是清白的，有人會在聖誕夜跟親密的異性朋友見面嗎？會去一位難求的知名義大利餐廳用餐，然後直接去旅館嗎？」

「這……」

除非有約好吧，小丑嚴肅地說。

「不只我個人認為，這種行為在一般人眼裡也稱得上是劈腿吧？」

「我跟河村約好時，早就跟本多分手了！」

「沒必要動肝火，」小丑對尖聲大叫的里美說，「我沒有責備妳的意思，也不認為劈腿有罪。人生在世總會有過各種經驗，那也是青春歲月中的一頁。妳要思考的，是問題的意義。」

「意義？」

「我再次強調，這題問的是妳和樋口先生開始交往後的事，並非是在談論道德倫理。妳有沒有劈腿過，與我何干？重點在於你們的回答是否一致，如此而已。」

小丑的態度爽朗得令人厭惡。「等一下……」里美左右張望。

「你為什麼會有本多與裕子講電話的錄音？是在竊聽他們嗎？」

裕子是在大學快畢業前與本多交往的。不過，後來聽裕子說，因為本多管太緊，他們交往不到一年便分手了。

這已經是五年多以前的事了，為什麼小丑會錄下兩人講電話的內容？

「難不成……這個默契遊戲跟本多有關？因為他恨我……」

小丑說本多已經回到故鄉富山當公務員。

「我沒有義務再回答妳。那麼，接下來我將說明劈腿的定義，畢竟是機會時間嘛。話說回來，妳認為什麼樣的行為才叫作劈腿呢？」

里美搖頭表示不知道，小丑點點頭。

「沒錯，各人想法不盡相同。有人認為只要跟異性說話，或是傳電子郵件、LINE聊天，就算劈腿。因為總是有一些占有慾比較強的男男女女。」

里美說她不是那種人。

「我不在意毅跟其他女性單獨聊天，他也是。他總是不在意我跟其他男性說話。我們互信互愛，我跟他都有異性朋友，也有基於工作關係來往的人……但我們不會幼稚到因為這種事就動不動生氣。」

小丑點頭如搗蒜地說：「因為你們兩位都是優秀的社會人士嘛。

「妳說得很對。不過，如果樋口先生跟其他女性單獨喝茶呢？下班後或是休假時單獨見面呢？一起用餐喝酒呢？手牽手呢？挽手臂走路呢？接吻呢？更進一步呢？」

「毅不是那種人。」里美低聲回答。「我也是。只要有正當理由，我也會跟男性單獨出去喝個茶、吃個飯，但我一定會事先報備，也不會跟對方有身體接觸。我不認為那是劈腿，至少我個人是這麼想的。」

「也許妳是不認為。」小丑掩嘴偷笑。「但妳明白樋口先生的想法嗎？哎呀，我真是問了個蠢問題。因為你們兩位互相理解、彼此相愛，不需要旁人置喙吧。」

頭越發疼痛。小丑的聲音甚至令她感到反胃。

小丑說接下來該里美思考了。

「我自認已經說明得十分徹底了。那麼，接下來開始第四題的思考時間。時限為三十分鐘，請慢慢思考。」

小丑的身影消失，螢幕上浮現 30:00 的數字。里美低喃著「少瞧不起人了」，隨後握住麥克筆。

⌛

劈腿嗎？毅仰望天花板心想。問題無聊到自己都懶得生氣。

自己曾在半夜被大學時交往的女友叫醒。她責怪我在夢中跟其他女人聊天聊得不亦樂乎，質問我為何要劈腿，一直哭到天亮，有些人只不過是做夢也算劈腿。

若是學生也就罷了，毅跟里美都是社會人士，客戶的公司也有異性負責人。視情況會兩人單獨開會，有時也會一起吃飯。

現在這個時代，互相交換個人聯絡方式比較接近商業上的慣例，沒有人會認為那是劈腿。

用電子郵件、LINE或是在社群平臺上交流也是如此。在臉書上按讚是劈腿嗎？別傻了。

而且小丑要我們針對「我曾經劈腿過」的這個問題，回答是或否。

無論劈腿的定義和事實如何，我們兩人都不可能承認劈腿過。換句話說，回答一定是否。

里美應該也會做出同樣的判斷吧，感覺根本不需要思考。這的確是機會時間。

毅望向螢幕，還剩二十八分鐘，當然要有效利用這段時間。

他站起身環顧周圍。如今是白熾燈泡在照耀四周，而非紅色燈泡，因此能將目前所處的整個牢籠看得一清二楚。

正如之前猜想的一樣，是貨櫃改造而成的房間，約十公尺的四方形，可說是正方形的箱子。牆面是厚鐵板，沒有工具，毅是不可能鑿出一個洞的。

他再次仔細查看每個角落，依舊沒有找到任何門窗。沒有出入口的密室，簡直就像三流推理小說，不過，四面牆的其中一面應該能打開吧。他知道運送像汽車這類的大型物品時，經常會使用這種貨櫃。

毅拾起放在地板上的PHS。小丑說無論按什麼電話號碼，都只會接通到他那裡，是真的嗎？

毅往鐵管椅上一坐，凝視著手中的PHS。腦袋突然想到自己的手機。

那時里美有看到奈奈的LINE嗎？假如有看到的話……毅將手伸向寫字板。手微微顫抖。如果有，就得重新思考答案了。

毅交抱雙臂，螢幕的數字在他面前變成了19:50。

⌛

我知道毅曾經劈腿過。

他是在約莫兩年前九月上旬的一個大熱天向我提出交往的。九月起我便以營業部的職員開始獨立作業。

那時，其他部門的男同事對我表達好感，我找毅商量這件事後，他便提出希望我和他交往。

「我之前負責指導妳，所以不敢向妳表白，其實我喜歡妳很久了。」

這事情聽似美好，其實是我「耍心機」利用對我有好感的男性讓毅主動向我提出交往，我們才在一起的。

我一開始便意識到自己要和毅結婚，雖然沒有明說，但我知道毅也和我有相同的想法。談過幾次戀愛的人，輕而易舉地便能感受到那樣的氛圍。

我們交往約一個月後，我第一次去毅他家過夜。當時我們聊到彼此的戀愛史。

我坦承自己從小學五年級經歷初戀，一直到高中、大學、出社會後，共交過四任男友；毅則是舉出從國一至今交往過的七位前女友的名字。

其實我過去曾和九名男子有過親密關係，一夜情也包含在內的話，人數更多。毅所謂的七名前女友也很可疑，他交往過的人數肯定超過十人，我也曾聽其他男職員提過這件事。

雖然我們約好彼此必須坦承不諱，但那只是場面話。有些對象難以啟齒，也有些過去沒必要提起。大家彼此彼此，刻意不挑明才是成熟大人的做法。

我想確認的是，他當時是否還有跟那些前女友聯絡。既然是以結婚為前提交往，當然要查明這一點。

我們彼此檢查對方的手機，我的手機裡只剩兩名前任的聯絡方式，毅也只剩三名，我們都沒有留下前任聯絡方式的習慣，因此當著對方的面刪掉資料。

不過，當時起我就感覺不對勁，那是女人的第六感，無憑無據卻心裡有數。

毅向我提出交往時，有正在交往的女友。我當時不說破，是不想破壞我們兩人的關係。

他應該是打算和那女人分手後再和我交往的吧。但他得知有其他男性喜歡我，便搶先向我告白。

我以為他會立刻斬斷和那女人的關係，所以隻字不提。

我想和毅結婚。不僅是因為他長相英俊，更是永和商事的年輕王牌，備受周圍好評，聽說更是將來的董事候選人。我怎麼能夠放過這個結婚的大好人選。

之後，我們頻繁地約會，一起度過週末。習慣兩人相處後，毅會把手機放在一旁去沖澡，有時我則是會自己先睡。

我就是在那時發現有個叫奈奈的女人傳 LINE 給他的。

毅的手機設定為只要有 LINE 的訊息傳來，訊息內容就會顯示在螢幕鎖定的畫面上。毅的手機經常在半夜響起微弱的聲音發亮，通常是奈奈傳訊息過來。

〈下次什麼時候能見面？〉

〈老公星期三出差～〉

〈昨天真開心☆〉

我看過無數次這樣的訊息，也知道奈奈是熟女人妻。

即使如此我依舊隻字未提，因為我堅信毅最後一定會選擇我，而他也沒有回覆奈奈訊息的跡象。那是想慢慢淡掉關係分手時的常見手段，我也有過這種經驗。

我比較怕提起奈奈的事讓我們的關係惡化。

當時我有意無意地向周圍的人透露我正和毅交往的訊息。不但向父母和舅舅提起自己有交往中的男友，也向同期的女職員再三叮囑千萬不能告訴別人後，表明自己和毅正在交往。

「千萬不要告訴別人」就等於是「歡迎到處宣傳」的意思，是女人之間心照不宣的潛規則。

因此別說是整個營業部了，消息還傳到了同期隸屬的部門。周圍的人問毅這件事，他也會老實地承認。

我還積極地參與他的朋友圈，之後我們進展神速，交往不到一年毅就向我求婚，我當然是答應了。之後立刻向父母、上司、同事和朋友報告。

久而久之，奈奈就不再傳訊息給毅了，兩人的關係劃上句點，一切都按我的計畫進行。

不過，在我們開始交往的前一、兩個月，毅確實是在我和奈奈之間腳踏兩條船。但我佯裝不知情，扮演一個一無所知、有點愚鈍的女人。所以，就構成他並未劈腿。

里美凝視寫字板。現在有兩個問題，毅會不會其實早就知道我發現奈奈的存在？另外，他知道我曾經劈腿過嗎？

⌛

我太大意了。毅單肘拄著桌面，右手手掌抵住額頭。

在向里美提出交往的數個月前，我換了新手機，轉移資料和辦理手續大概要花四、五個小時吧。

我也像其他人一樣，弄到一半嫌麻煩，把手機設定全交給手機行的店員處理。

我是在手續全部辦完，走出手機店時，才發現簡訊和LINE的內容會顯示在螢幕鎖定畫面上。這個功能也挺方便的，因此當時沒想過要變更設定。

我受邀參加公司前輩的家庭派對，在派對上認識了奈奈。她是前輩的妻子，比我大四歲，一雙眼角微微上翹的丹鳳眼，頗具獨特魅力。

基於現場的氣氛，參加派對的所有人互相交換LINE的ＩＤ。本應僅止於此的，沒想到數日後竟然收到奈奈傳來的訊息。

她說想找我商量前輩的事，但我知道那只是藉口。細節我記不清了，只記得我們當天就發生了關係。

我不是第一次和人妻上床，但光是想到睡了前輩的老婆，我就興奮不已。

奈奈應該也是一樣吧。前輩比我大十歲，她搞不好只是對年紀比她小的年輕男人有興趣，想嘗嘗一時的刺激罷了。

之後我們偶爾會見面，並非在交往，簡單來說就是炮友。

不過，這樣的關係我馬上就膩了。里美找我商量其他男性向她告白的事，是在九月初。

儘管當時依然和奈奈維持關係，但反正會分手，我自己也打算跟里美交往，便當場向里美提出交往。

年近三十，我想也差不多該成家了，適合結婚的對象只有里美一人。

在田崎里美這名新職員進入公司前，就已引起熱議。聽說她是大學的校花，還上過幾次時尚雜誌的版面，從一開始她就小有名氣。

而且她的舅舅是公司董事，田崎家是永和商事的創始者，也是轡田家的遠親。外貌、教養、家世、人見人愛的個性，作為結婚對象，這些條件簡直是完美。

自從里美調來營業部後，我就感受到她也對我有好感。我明白她找我商量其他男人的事，只是為了逼我跨出一步而找的藉口，但我並不介意。

我們馬上便開始交往，彼此都有意步入婚姻。

我本來就打算以結婚為前提向里美提出交往，而且也老早就聽說她非常渴望結婚。所以我並未阻止里美向公司裡的女職員說出我們的事，而當同事們調侃我「最近跟里美感情很好嘛」時，我也正面回應。

里美說想介紹她父母給我認識時，我馬上付諸行動，也見了她學生時期的朋友。這一點我也一樣，因為是以結婚為前提交往，因此雙方在這方面都有共識。

唯一失算的是奈奈。向里美提出交往後，我立刻去找奈奈攤牌，希望結束這段關係，然而她卻說想再持續一段時間，她的雙眼散發出危險的光芒，我便不敢再說些什麼。

若是撕破臉，想必奈奈會自暴自棄地向前輩抖出我的事吧。我以前也曾經跟那種女人交往過，最好別踩地雷。

前輩雖個性溫順，但畢竟事關重大，無法預料結果，踏錯一步便萬劫不復。

只有一個辦法能處理，那就是慢慢疏遠奈奈。

我決定完全不主動聯絡她，就算她主動聯絡我，也要隔一段時間再回覆。有時則是刻意已讀不回。

只要每次都整整一天後再回覆，她應該會明白我是什麼意思吧，都三十四歲的大人了。

之前一星期見一次，後來改成一個月見不上一次。不接電話，見面時夾雜差不多該到此為止的語氣對待她。

我預料應該三個月就能了斷，事實上也幾乎如我所料。只是，那三個月與里美交往的期間重疊。

那段期間，我見了奈奈幾次，也曾在氣氛的促使下和她上床。那是對里美不忠的行為，說是劈腿也確實沒錯，但只要沒被發現，就等於沒劈腿。

我雖然沒向里美提起和奈奈的關係，但和里美在一起時，我有幾次把手機放著就離開。

我沒辦法手機不離身地隨身攜帶，沖澡或上廁所時帶手機反而可疑。

在公司也是一樣。和上司開完後回到辦公桌後，手機螢幕上曾經留下奈奈傳訊息過來的紀錄。

里美的座位就在我旁邊，搞不好有看見螢幕顯示的畫面。我的手機是指紋認證，也沒有告訴彼此個人識別碼，以示信賴。

所以，她不可能讀完訊息的全部內容，但只要看見第一行〈下次什麼時候能見面？〉，便會好奇是誰傳來這種訊息吧。

當時我沒有想那麼多，如今回想起來，應該要變更設定的，卻懶得更改。真是失策。

倘若里美發現奈奈的存在，當然會認為我曾經劈腿過。

如此一來，是否應該在寫字板上寫下「是」。假如里美知道我做過的事，這樣寫答對的機率會比較高。

除此之外，還有另一個更嚴重的問題。毅凝視著一片空白的寫字板心想。

我知道里美劈腿過。

⌛

9:55。螢幕的數字只剩不到十分鐘。

里美嘆息著心想：毅知道我跟其他男人睡過嗎？

被他求婚時，比起喜悅，反而先湧現「這下子一切便圓滿收場」的安心感。

我並非不在意奈奈這女人的事，不過和毅開始交往兩、三個月後，奈奈便不再傳訊息給他。

之所以沒有質問他跟奈奈的關係，是因為知道這麼做也毫無益處。

畢竟我自己也有過去的事沒有向他坦承，因此奈奈的事忘了就好。

我原本是這麼想的，但接受求婚後，向父母、公司、朋友報告完一輪，隨著具體談論結婚事宜的進行，埋藏在心裡的疙瘩卻愈積愈深。

我沒有打算對他過去的女性關係說三道四，但在他提出和自己交往時，卻還和其他女人保持關係，這我無法容忍。

我不認為他們的關係有多深刻，看毅的態度就知道了。大概只有肉體上的關係吧。

不過，既然如此，為何不把身邊的關係都斷乾淨再向我提出交往就好？

讓我感覺吃虧的只有自己，這或許是一種婚前憂鬱症吧。

今年二月，我收到已刪掉聯絡方式的大學時期的男友傳來的簡訊。聽說我要結婚，他特地傳簡訊來恭喜我。

本來只要禮貌性地回覆「謝謝」就好，但我卻別有用心地多打一句「替我慶祝吧」。傳了幾次簡訊後，我們約好兩星期後見面。我對毅謊稱大學同學要幫我辦慶祝會，實則來到外苑前的義大利餐廳和他單獨見面。

大學畢業後，時隔六年再見，因為感到懷念，喝葡萄酒的速度比平常快。

接著再去以前常去的南青山酒吧喝酒，到這裡我還記得，但站起來打算去第三間續攤時，便完全失去記憶。

睜開眼睛後，我人已經在圓山町的賓館。時間超過半夜十二點。

我叫醒在身旁呼呼大睡的男人，搭計程車回家。在車上確認手機後，發現毅打過一通電話，傳了三則 LINE 訊息。

我記得他打來的電話沒有留言，訊息也只寫了「玩得開心嗎？」、「別喝太多囉」之類的內容，令我不禁鬆了一口氣。

我立刻回覆訊息，打了「因為玩太嗨，所以沒有看訊息」，訊息顯示已讀，卻沒有任何回覆。

隔天上班後，毅的態度一如往常。結婚典禮將在四個月後舉行，即便如此，不在公司卿卿我我是辦公室戀情的禮儀之一。

下午要出差的毅，早上開完會後便直接前往東京車站。

我跟部門同事去員工餐廳吃午餐。這時，隔壁桌的前輩職員對我說：「妳昨天有去青山吧。

「我、大河內和樋口三個人留下來加班，結果突然接到課長的電話，說他在表參道喝酒，要我們過去。因為塔利亞石油的董事也在，我們不方便拒絕，就一起搭計程車過去。途中，在青山路等紅綠燈時，看見妳走進一家時尚的店。」

我回答：「我跟大學時期的朋友喝酒。」聲音雖一如往常，背部卻冷汗直流。

「年輕人真好啊。」前輩說完這句話，立刻跟其他職員談論別的話題，但我吃的蛋包飯已食之無味。

既然前輩看到，那一起搭計程車的毅應該也有發現我才對。他是否知道我跟男人在一起呢？

青山的時尚店家，是指先前提到的酒吧。我在第一間的義大利餐廳已經喝到酩酊大醉，沒有人攙扶便站不起來的程度。

從那裡到酒吧，應該也是牽著男人的手或是挽著男人的手臂吧。

走進酒吧時又是如何？好像是男人先開門的，但我不確定。

也可能是兩人手牽著手走進酒吧的。如果毅看見這個畫面，會有什麼反應？

我不敢問那位前輩是否有看見我和男人在一起，當然也不敢問毅。

也有可能沒看見。計程車等紅綠燈的時間頂多幾十秒吧。就算看見也只是一瞬間，無法看出什麼端倪。

我拿出手機，查看昨晚毅來電的時間，晚上九點十一分。我跟男人在餐廳見面是在六點半，轉移到第二間的酒吧大概是在九點左右。

毅在這個時間點打來，應該是他也看見我了。看見未婚妻和其他男人手牽手走進酒吧，怎麼可能默不作聲。

我有先跟他說是跟大學時期的朋友見面，但說得一副像是要跟女性朋友見面一樣，想必毅也是如此解讀的吧。

不過，也沒有說和幾個朋友見面，只要說主要是跟女性朋友見面，其中也有男性的話，這個藉口搞不好就能成立。

本來想說只要告訴毅是那位男性攙扶喝醉的我就好，但這麼說也有可能自掘墳墓。毅的直覺很敏銳，單憑我的表情和散發出來的氣氛，也許會察覺到我和那男人之間的關係，以及喝完酒後發生了什麼事。

不過，我一小口一小口地吃著午餐套餐的沙拉心想：毅也在跟其他女人維持關係的情況下，向我提出交往啊。做人可以這麼不老實嗎？

我不像他，我根本沒打算和那個男人上床。只能說是因為我喝醉了，才會讓事情演變成那樣，怪不得我。

我滿腦子想著，要是毅來逼問我，我該怎麼回答，結果什麼事也沒發生。

在他去福岡出差的那三天，他一如既往地傳 LINE 和打電話給我，我也很正常地回覆他傳來的訊息。

毅星期六出差回來，我到東京車站去接他。他笑著說忘記買明太子當伴手禮的臉龐與平常無異。

可是，他知道我和其他男人上床，還是在距離結婚典禮只剩四個月的時候。

而我也知道毅腳踏兩條船的事實，而且在他向我提出以結婚為前提交往後，依然與那女人藕斷絲連。

我們知道彼此劈腿，並佯裝不知。

表現出粉飾太平的態度，辦完結婚典禮和婚宴，受到父母、親戚、朋友、公司的人們祝福。

「我曾經劈腿過。」

螢幕下方滑過跑馬燈字幕。我和毅都曾經劈腿過。

答案為「是」。

不過，默契遊戲沒有正確解答。兩人回答一致才算答對。

小丑說這是機會時間，是二選一的是非題。

里美拭淚心想：這才不是機會，而是終極的二選一。

我該怎麼回答？理應看見自己與其他男人在一起，卻隻字未提的毅又會如何回答？

之後，毅也沒有提起那晚的事。大概是成熟大人之間彼此心照不宣吧。

貿然互相指責，只會陷入泥沼，一個弄不好，還可能解除婚約。

父母、公司、朋友，所有人都準備祝福我們，在四個月後即將舉行婚禮的時間點，怎麼可以讓這種事發生。

只是肉體出軌而已，又不是認真的，誰都有過這種經驗吧。當作沒發生就好。

不過，一旦問題以是非題的方式擺在眼前，存在的就只剩事情的本質了。與其他女人或男人發生關係，就是劈腿。

而且，彼此都知道這個事實。如此一來，答案只有一個，就是「是」。

里美抬起頭，螢幕上的數字變成了 00:49。時間已所剩無幾。

她用左手拿著寫字板，寫下答案。此時響起小丑提醒「剩下十秒」的聲音。

⌛

「五、四、三、二、一……」

「零。」小丑話音剛落，吹奏樂曲也跟著響徹四周。

毅擦拭額頭的汗水，凝視只顯示出 00:00 數字的螢幕。里美怎麼回答？

「那麼，請兩位一起將寫字板面向螢幕。」小丑開朗地說道。「這次兩位的答案是否會一致呢——」

毅怒吼著要小丑閉嘴，然後將寫字板朝向螢幕。表情不安的里美，一樣慢慢舉起寫字板。

「Congratulations！」

小丑拍手道：「答得漂亮。」兩人的寫字板上寫的回答為「否」。

毅鬆了一大口氣，往椅背上一靠。

「我才沒劈腿，里美也一樣。」毅以這個姿勢大聲說道。「別問這種理所當然的事好嗎！我們才剛辦完結婚典禮耶。我們是彼此相愛才結婚的，怎麼可能劈腿嘛！」

小丑在切換畫面的螢幕中頷首道：「我想也是。

「雖說是機會時間，但就跟綜藝節目上的送分題一樣，不管事實如何，兩位都只能回答『否』……」

毅挺起上半身說：「哪來什麼事實不事實！

「我又沒劈腿，也可以發誓這輩子都不會劈腿。出點像樣的題目吧，害我都提不起勁認真回答。」

「你還真是勇於挑戰呢。」小丑一臉佩服地拍了拍手。

「哎呀，大企業的菁英職員，層次就是跟我們這種小人物不一樣呢。要求困難的門檻，進而挑戰，從而勝利。宛如你的人生一樣，所謂的勝利組就是如此吧？」

毅否認自己是人生勝利組。

「別扯東扯西的，快點出下一個問題。是第五題嗎？」

小丑吐出鮮紅的舌頭，表示肯定。

「在那之前，我要送你們一個小小的禮物，就當成是兩位答對第四題的獎勵。」

螢幕旁的牆壁如蓋子般開啟，裡面放了一瓶礦泉水。

是水。毅嚥了一大口唾液。

「這是一百圓含稅的礦泉水。」小丑微笑說。「是雜牌水，但應該是你們現在最想要的東西吧。」

毅從椅子上站起，衝向牆壁，用力伸出手卻感受到一股微弱的衝擊。原來那裡和螢幕一樣，嵌著保護用的玻璃。

「怎麼回事？給我水！」

毅渴得受不了，他已經好幾個小時滴水未進了，現在最想喝水。

礦泉水就在眼前，他再次嚥了一口唾液。鑲嵌的玻璃很厚，無法擊破。手劇烈疼痛，大概是撞傷手指了。

「太卑鄙了，快點把水給我。要怎麼樣才能打開？」

毅用掌心用力按壓玻璃，玻璃依然文風不動。上、下、左、右也沒有一邊移位。

當毅大聲怒罵時，小丑開口：「那麼進入第五題。」

「礦泉水只有一瓶，你會把這瓶水讓給對方嗎？」

毅氣喘吁吁地說：「別鬧了！

「那根本不是問題，只是想測試我們的人性罷了。」

小丑一語不發地聳了聳肩。

「手段太齷齪了。」毅用拳頭敲打玻璃。「我跟里美都口渴得要命，那是生理需求，跟愛情、善解人意無關。水是生存必要的物品，在這種情況下你要我怎麼辦？你到底想做什麼？」

「玩默契遊戲。」小丑回答後，伸手打開放在桌上的寶特瓶瓶蓋。

「我的用意並非是測驗你和里美小姐的人性，目的就只有你們的回答是否一致而已。」

小丑咕嚕咕嚕地將寶特瓶的水喝了一半，嘴角流下一道水痕。

毅當場跪下：「饒了我吧。」

⌛

寫「否」是正確的。里美凝視著映照在螢幕上的毅的寫字板，嘆息著心想。冷靜思考後，發現這個問題兩人都只能寫「否」。

自己和他都在交往期間與其他異性發生關係，彼此應該也都察覺到對方劈腿了吧。

不過，事到如今也無法承認，因為兩人已經結婚，說出事實也於事無補。

小丑所謂的默契遊戲，是單純的惡搞？還是大費周章的玩笑？若是綁架監禁這類的犯罪行為，遲早會被釋放才對。

可是，之後兩人還是得繼續一起生活，要是承認自己劈腿，恐怕會立刻破壞兩人的夫妻關係。怎麼能因為那種事讓人生留下汙點。

如此一想，回答只能是「否」。承認劈腿過，沒有任何意義和好處。老實回答並非正確的選擇。

人都會說謊。回答「否」連說謊都稱不上，只是不說出事實而已，而且是為了彼此好。

毅應該也是同樣的想法吧，畢竟我們回答一致。

現在重點在於水。里美抬頭注視眼前的礦泉水。雖然觸手可及，卻被一塊厚實的玻璃所阻擋。

「礦泉水只有一瓶，你會把這瓶水讓給對方嗎？」

「太卑鄙了。」里美嘴裡嘀咕道。

「你是在測試我們之間有沒有愛情嗎？有的話，就應該把水讓給毅？」

小丑沉默不語。里美搖頭：「在這種異常的狀況下我辦不到。

「我和毅在一無所知的情況下來到這裡，會驚慌失措是理所當然的吧？腦袋一片空白，無法思考，這樣還要我們體貼對方？」

小丑歪了歪頭。斗大的淚滴再次從里美的眼眶滑落。

「也許你自以為兩人相愛就應該如此，但你設身處地想想便知道，我們根本沒有餘力考慮那麼多。」

「這並非是關於體貼或自我犧牲精神的問題。」小丑喝光寶特瓶的水。

「妳似乎有所誤解，這是默契遊戲。我再三重申，遊戲的目的是讓兩人的回答一致。只要雙方有愛、互相理解，一定能回答一致。其中的要素或許也包含了體貼對方，但那是次要的。」

「你到底想做什麼！」

「就說是玩默契遊戲了。」小丑重複道。

「聽好了，默契遊戲的問題並不是需要特殊知識、經驗和資格才能回答的難題或怪題。第五題的答案也只有是或非兩個選項。就連幼稚園小孩都答得出來。沒有遊戲比這更公平了吧？」

一點都不公平，里美用掌心擦眼淚。

「如果不是處於這種狀況的話，我也能輕易判斷是或非。但現實並非如此啊，不是嗎？」

「那真是遺憾——」

里美大喊：「跟當初說的不一樣！

「你不是說答錯就懲罰、答對就有獎勵嗎？我們答對剛才的問題了，有權利接受獎勵。」

「五百毫升的礦泉水獎勵雖小，」小丑伸出一根手指說，「但對現在的你們來說，應該比同樣重量的金塊還貴重吧？只答對一次可不能輕易送給你們。況且，我並沒有說每次答對都會送你們獎勵。獎勵會直接連接到下一個問題。這也是遊戲基本的玩法吧？」

「也就是說遊戲規則你說了算囉！」里美咬牙切齒。「這世界就是這樣。」小丑說。

「主宰默契遊戲的是我們，你參加遊戲就得遵照我們決定的規則，政治、經濟、法律不都是如此嗎？人只能在制定好的規則中竭盡全力地生活下去。」小丑浮現笑容：

「差不多可以了吧？照慣例給你們三十分鐘的思考時間，請動腦吧。」

螢幕切換畫面，浮現出 30:00 的數字。

「礦泉水只有一瓶，你會把這瓶水讓給對方嗎？」

29:11的數字下，跑過一行字幕。

答案只有一個。毅握住麥克筆，只能寫「把礦泉水讓給里美」。

雖然小丑否認，但這問題的意圖就是在確認彼此的愛情，里美應該也明白這一點。所以，一定要答對。

不過，有一件事不確定。就算答對，礦泉水也只有一瓶，會送到我或里美其中一人的手上嗎？

送給里美喝是無妨，倒不是基於什麼愛情、體貼或自我犧牲的精神，而是自己的身體還能再忍耐一下不喝水。

封閉的空間給人的壓力十分龐大，又沒有窗戶，令人呼吸困難，甚至有種牆面朝自己逼近而來的錯覺。

雖然是心理壓迫而造成這種深植腦海的現象，但如今的處境確實異於平常。緊張籠罩全身，光是要抑制自己想大叫出聲的衝動就已耗盡全力。

自己都如此了，想必里美一定更難受吧。喝一口水應該能減輕她的壓力。

包含這個問題在內，還剩六題。若是里美無法恢復冷靜，我們便無法答對問題，只會自取滅亡。

就這層意義而言，把水讓給里美也是為了自己。無論如何，一定要逃離這裡。為此，把水讓給里美是上上之策。

但毅同時也感到不安，估計還要花上兩、三個小時才能結束遊戲，自己有辦法不喝水撐過這段時間嗎？

第五題的答案已確定，不需要時間思考。思考時間還剩二十八分鐘以上。趁這段時間來找水吧。毅暗自如此打算，從椅子上站起。

儘管早就知道馬桶並非抽水式的，但假設有水的話，在這個空間能想到的場所，就只有廁所了。先徹底調查，搞不好會有什麼新發現。

由於換成白熾燈泡，四周照得一清二楚，可見天花板和牆面安裝了數臺攝影機。

小丑團夥正監視著自己和里美的一舉一動。自己的行動也應該被他們看在眼裡，但毅不以為意，筆直地走向位於房間角落的廁所。

馬桶構造本身是很堅固沒錯，但沒有馬桶蓋，馬桶座似乎也能拆下。雖然馬桶座是脆弱的塑膠製，但或許可以派上用場。毅用雙手左右扭動馬桶座，應聲拆下。

雖然無法用來破壞鐵板製成的牆壁，但當有人進來這個房間時，至少能當作武器防身。

毅環顧四周，尋找是否還有其他物品時，發現一捲廁紙放置在地板上，另外還有裝著一千萬圓現金的波士頓包。

他不明白小丑和他背後那些傢伙的意圖，為何要大費周章、花大錢來準備如此大規模的裝置？

而且，從小丑說話的語氣和態度來判斷，可以確定這並非是他們第一次舉辦默契遊戲。小丑說是「第四屆默契遊戲」，倘若這是事實，那我們就是第四組挑戰者。

既然過去舉辦過三次默契遊戲，那他們是怎麼清洗廁所的？三組情侶中一定有人會想上廁所。是從外部帶水進來沖洗馬桶的嗎？

毅重新觀察手上的馬桶座，一塵不染，是全新的。難道是每次準備新貨櫃、安裝器材嗎？

毅按捺不住湧上心頭的不安。每次都把一切更新？

他找不出答案。唯一能確定的是，廁所周圍沒有水。

心情愈來愈煩躁，為什麼我非得吃這種苦頭？我又沒幹什麼壞事。

毅站在正面的牆壁前，心想是否還有其他地方可以查看？嵌入牆面以保護螢幕的玻璃框上，有些許縫隙。是否能拆下來呢？

毅將手指插進縫隙，使勁往外拉。然而玻璃卻文風不動，只有他的食指指甲剝落而已。

毅當場蹲下，發出哀嚎。鮮血從指尖滴落。

⌛

瞬間，螢幕顯示出毅按住右手，蹲在地下的影像。

雖然聽不見聲音，但看得出他在哀嚎。是受傷了嗎？

他發生什麼事了？「求求你，讓我跟毅說話！」里美大聲吶喊。「你對他做了什麼？那是……血嗎？」

映照在螢幕上的小丑靜靜開口說道：「我什麼都沒做。

「我們不會以任何形式對兩位直接施暴，也能保證往後不會對你們做出暴力行為。」

「可是他受傷了。」里美指向螢幕。「有血從他的手還是手指流出來！你對他做了什麼？」

小丑一臉滿足地點頭道：「妳這句話真是充滿愛呢。

「你們果然是令人稱羨的最佳情侶。只有被選中的情侶才能參加這個遊戲，愛情的深淺也是參加資格之一。沒有愛，答案就不會一致。這樣不就失去遊戲的樂趣了嗎？」

「求求你，讓我跟他說話。」里美用手掌拍打螢幕。「我只要確認他沒事就好。我之前都乖乖聽從你的指示，這一點你無法否認吧？那你好歹聽一次我的請求，讓我跟他說話！」

小丑歪頭說：「這是否表示妳提出討論的請求？」

「討論？」

小丑歪著頭點點頭。

「遊戲開始時我說明過，兩位有三次討論的機會。排除一開始的談話時間，你們還有整整三次可以用。不過，現在用掉好嗎？」

「可是……」

「妳或許會嫌我雞婆，但之後的討論會變得愈來愈重要。」小丑將頭恢復原狀說。「把只有三次的機會用掉一次來確認另一半是否平安無事，我認為不妥。我再三強調，我們並未對樋口先生使用暴力。」

里美吶喊：「管它什麼討論不討論，我要用！」

「那麼，請按下桌上的白色按鈕。」小丑回答。「只要樋口先生回應，兩位就能開始討論。不過，時間只限三十秒。妳真的要用嗎？」

里美用力拍下白色按鈕。垂吊在天花板的燈泡，增加了亮度。

Discussion 1

討論 1

小丑出聲暫停時間，於是螢幕上正在倒數的數字停在 14:31。

毅按著右手食指抬頭查看怎麼回事。

「里美小姐要求討論。」出現在螢幕上的小丑快速地說。「你要接受嗎？你有拒絕的權利。另外，討論的內容有可能對你們不利。了解的話，請按下桌上的白色按鈕。如果一分鐘內沒有表明意願的話，將自動視為拒絕討論。」

毅站起來問：「發生什麼事了？為什麼里美現在要求討論？你們對她做了什麼事嗎？」

小丑雙手遮住嘴巴，表示自己沒有義務回答。他惺惺作態的動作令毅怒火中燒，卻無法決定該如何是好。

該接受討論的請求，還是該拒絕？沒有任何判斷依據。

第五題的答案無庸置疑。若是里美明白狀況，應該會寫把水讓給我才對。關於問題，沒有討論的必要。然而，為何里美要求討論？

小丑開始倒數：「還剩五秒。」毅順勢輕觸白色按鈕。

小丑在螢幕中大大地點頭宣告討論成立。

「討論時間只有三十秒，非常短。我給你們一分鐘的緩衝時間，我想兩位最好先整理一下這段時間要說些什麼。」

「整理？」

「討論內容沒有限制，」小丑無視毅的提問，繼續說明：「但若是我發現發言有直接涉及遊戲回答的嫌疑，將會強制終止，再出一題新問題。知道了嗎？另外，只限聲音討論。那麼，請思考要說什麼。一分鐘後開始討論。討論期間時鐘不會計時，請放心。」

討論時間只有三十秒，必須整理要點。重點是什麼？

首先，確認里美是否平安無事。再來針對有沒有發現什麼事情來討論。

一分鐘轉瞬即逝。警示音響起，擴音器傳來里美呼喚自己名字的哀嚎聲。

「妳沒事吧？」毅大喊：「還好嗎？有沒有受傷？他們有沒有對妳怎麼樣？」

「毅，你手受傷了嗎？發生什麼事了？」

彼此的詢問來回交錯，導致聲音聽不清楚。毅發出怒吼，要里美冷靜一點。

「妳在說什麼？為什麼現階段要請求討論——」

「我在螢幕上看到你按住手的畫面。」里美回答。「你指尖流血了，沒事吧？」

「只是摳牆壁指甲剝落而已。倒是妳，有沒有被毆打……」

里美哭著大喊：「我很擔心你！」螢幕上浮現10這個數字。時間只剩十秒。

「妳有發現什麼事嗎？」

「我們早就被盯上了。」里美說：「小丑他們錄了我大學朋友講電話的內容。吶，為什麼？我們做了什麼？是誰憎恨我們，要對我們做出這種事——」

「妳還有發現什麼其他的事嗎？」

「小丑說他們離開飯店是在十個小時前。」里美叫嚷著，「不知道是真是假——」警報響起，通話切斷。螢幕上的小丑宣布時間到。

「自談話時間以來，兩位就沒有交談了，時隔約兩小時聽見里美小姐的聲音，感想如何呀？一定感慨萬千吧——」

毅瞪視螢幕上的小丑，罵他卑鄙。

「你監視著我們的一舉一動，應該看見我指甲剝落，卻故意將畫面播放給里美看。」

小丑搖頭：「我不知道你在說什麼。」

「看到流血，誰都會感到不安！」毅大喊。「你是故意想讓我們進行沒有意義的討論吧，真齷齪！」

小丑裝傻，表示純屬偶然。

「先前你們也透過螢幕看過彼此的影像了吧。我也從畫面中觀看到你手指流血的事實，並非故意播放給里美小姐看。重點在於，兩位得知雙方都平安無事，應該放心了吧。」

毅朝地板用力一踹，大吼：「你還反過來要我感謝你是吧！」小丑莞爾一笑，表明自己沒那個意思。

「那麼，第五題的思考時間還剩十四分三十一秒。現在重新開始倒數，請慢慢思考，時間非常夠用，對吧？」

螢幕切換畫面，顯示出 14:31 這個數字的特寫。毅出聲挽留小丑，卻沒有得到任何回應。

毅坐回鐵管椅，心煩意亂。

小丑的目的顯然是故意讓里美看見我手受傷的模樣，引發她內心不安，唆使她提出討論請求，無謂地浪費討論次數。

如今只剩兩次討論機會，考慮到接下來的發展，這簡直是個無可救藥的錯誤。他憤怒的矛頭也指向了里美。竟然輕而易舉地上當，這女人真蠢。只會重複「我很擔心你」，根本無濟於事。竟然為了這點小事使用珍貴的討論機會，腦子有洞啊。

毅用力搖著頭，從喉嚨擠出聲音提醒自己要鎮定。必須壓抑自己的情緒並保持冷靜才能通過默契遊戲。

里美說小丑告訴她從飯店將兩人綁來這裡是在十小時前。雖然大致的時間毅早已心裡有數，但還算是有用的資訊。他堅信自己和里美目前就位於東京都內。

他們無法用大眾交通運輸移動失去意識的人，有可能會讓人感到可疑，因此也不能搭乘飛機和新幹線，只能開車運送。

只要利用高速公路，就能遠距離移動到一定程度。不過若是兩人被釋放後報警的話，警方一定會先調閱設置於道路上的測速照相偵測器和車牌自動辨識系統吧。考量車子被發現的風險，無法移動太遠。

他們只移動了短距離，應該是把我們運到二十三區內本來就有大型貨櫃的場所，想必是碼頭或是貨物集散地。

倘若如此，那還有希望。毅凝視牆面這麼想。如果被囚禁在深山中，即使脫逃也會立刻被抓回來吧，但若是在二十三區內的話，應該有辦法找人求救。

無論小丑集團的目的為何，都以逃離這裡為第一要務。為此，必須思考該如何是好。

「我們早就被盯上了。」

毅的腦海掠過里美的聲音。她說自己和大學朋友的對話被錄了下來，想不透是什麼意思。

是指她最近和大學朋友談話的內容被錄音？還是指大學時期的對話被錄音？

毅搖頭，不可能，里美大學畢業已經六年。

她所謂的朋友，是單純的大學生吧。誰會錄下那種人的對話。

根本沒必要做那種事，做了也毫無意義，論技術層面也辦不到。說我們早就被盯上，那怎麼可能。

現在先不想這個，毅站起來思索。先想怎麼逃離這裡再說。

只有一個地方有可能逃脫。毅喃喃自語，再次走向廁所。

⌛

此時響起小丑宣布「剩下一分鐘」的聲音，里美怔怔地注視著螢幕上的數字變成00:59。

她早已毫不猶豫地在寫字板上寫好答案。

儘管口渴難耐，但還不至於渴到泯滅人性的地步。如此一來，答案便油然而生。

里美嘴裡嘟囔著：「把水讓給我。」

比起答對，她更擔心之後情況會如何發展。

剛才的討論是怎麼回事？里美使勁握住麥克筆。毅只顧著生氣，根本沒有心思好好聽我說話。

我滿腦子都在擔心他。透過螢幕清楚地看見他受傷的模樣，忍痛的表情令人心疼。妻子擔心丈夫哪裡不對了？

「我……受夠了。」

里美用手指抹去泛出眼眶的淚水。小丑、這間房間還有毅，一切的一切都令她感到煩躁。

警示音響起。顯示在螢幕上的小丑揮了揮手表示時間到。

「思考得如何？雖然中途插入了討論時間，但兩位似乎很快便決定好答案了，看來自信滿滿呢。」

「我已經聽膩了你的一大堆廢話，給我閉嘴，我頭很痛。」里美將寫字板面向螢幕說她累了。

那可不行，小丑挺起胸膛說。

「我是默契遊戲的司儀，也就是主持人。讓遊戲順利進行是我的職責。兩位都秀出了答案，結果如何呢？」

在一陣擂鼓聲後，響起吹奏樂曲。小丑大喊：「答對了！」

螢幕上顯示出毅的寫字板，上頭寫著「將水讓給里美」。

「太有默契了。俗話說有愛必勝，看來所言不假呢。兩位情比金堅的事實就擺在眼前。」

此時響起拉炮的音效，牆蓋同時開啟，裝著水的寶特瓶從中滾落地板。里美飛撲過去一把抓住它。

小丑溫柔地說：「別緊張，

「請喝。樋口先生也有。兩人答對問題，接受獎勵理應是你們的權利。」

小丑話音未落，里美已打開瓶蓋喝水。水分滋潤乾渴的雙唇，沿著喉嚨滲透全身。

小丑乾咳了一下，勸里美慢慢飲用。

「水很冰。我祖母經常告誡我突然喝冰水對身體不好。」

里美一語不發地瞪視螢幕。五百毫升的礦泉水，她一口氣喝了半瓶以上的水，卻依然止不住渴。

「雖然第一題犯下了簡單的錯誤，但之後連續四題都成功答對。」小丑出聲的同時，螢幕上浮現出得分表。「答錯三次遊戲便結束，不過照你們現在的氣勢看來，搞不好問不到最後一題就過關了呢。」

里美將喝到只剩五分之一的礦泉水放到桌上。

「求求你，饒了我們吧。立刻放我們出去。只要你肯放人，我什麼都願意做。當然，這件事我一定守口如瓶，不會報警，也不會告訴親朋好友——」

小丑拍手道：「真是太有默契了。」

「兩位心有靈犀的程度實在令人吃驚不已啊。樋口先生也說過一模一樣的話，說他不會告訴別人，要我放了你們……相愛的兩人連思考方式都相同嗎？還是應該稱為是愛的奇蹟呢？」

里美走下椅子，拋開羞恥跪地叩首哀求。

……為了得到釋放，她真心做好豁出去的打算。

「很遺憾，這是默契遊戲。」無論任何理由，都無法中止。小丑如此說道。「除了過關，你們無法離開那裡。」

里美抬起上半身，慢慢坐回鐵管椅。她領悟到做什麼都沒用，只能奉陪到底，將這場愚蠢的遊戲玩到最後。

「不要擺出如此悲傷的表情嘛。」不適合像妳這樣的美人喲，小丑眨眼說。「到此為止是上半場。目前只答錯一次，成績非常優秀。來，笑一個！Smile！」

里美用腳踹了一下地板說：「夠了！

「快點出下一題吧，我想快點結束這個遊戲。」

小丑大大地點頭，對她表示敬佩。

「對任何事都採取積極的態度，值得學習。妳說得沒錯，那就進行第六題吧！」

旁邊伸出一隻手，將一枚信封放在桌上。小丑從信封拿出紙片，嘀咕道：「這真是……」

「哎呀，看來上天始終眷顧你們呢。深受如此厚愛，害我羨慕得都嫉妒起來了呢。」

小丑秀出攤開的紙片說：「特別送分題！」

「什麼意思？」

「求婚時說了什麼？」

小丑舉起右手說：「過去曾出過如此充滿愛意的送分題嗎？」嘴角兩邊浮出白色泡沫。

「竟然出這麼簡單的問題給昨天才剛舉行完結婚典禮的兩位，實在是太上道了。沒有什麼問題比這更適合鑑定彼此的愛意。新婚第一天，可別不識相地說妳忘記對方向妳求婚時說了什麼喔。」

里美搖頭表示這哪算送分題。

「我跟毅交往時，討論過好幾次結婚的事。並非某一方先提起的，而是我們打從一開始就是以結婚為前提而交往的。所以你問我求婚時說了什麼，我根本無法分辨，沒有確切的求婚時刻，是要我怎麼回答。」

小丑笑道：「我明白妳為難的心情。

「兩位經過熱戀，結為連理，不難想像說過無數次暗示結婚的話。想必相愛的兩位，每次約會都像是在求婚吧。不過，再怎麼說都應該有決定性的求婚句子才對，這次問題的重點就在於此。」

「就說我分辨不出哪句話是決定性的——」

小丑行過一禮，贊同里美所言甚是。

「我能理解對於平常總是甜言蜜語的兩位而言，實在難以決定在何時何地的哪句話是最終的求婚句子。因此，這次破例為兩位準備了特別福利。」

螢幕切換畫面，映照出毅的身影。小丑要里美直接與毅交談。

「我已向樋口先生告知過。妳可以針對何時何地這件事與他討論，如此一來，妳憂慮的問題應該就能解決。」

螢幕再次切換，畫面中小丑豎起食指宣告限時一分鐘。

「在限制時間內，可以討論其他話題沒關係，唯獨不能直接說出求婚時說了什麼，否則遊戲就不成立了。」

「只要不說出那時說了什麼就行了吧？所以可以討論是在何時何地、何種狀況下求婚的吧？」

小丑揮了揮豎起的食指表示「沒錯」的同時，螢幕上顯現毅的臉龐。

接著響起小丑「開始計時」的聲音後，畫面上方便浮現60這個數字。

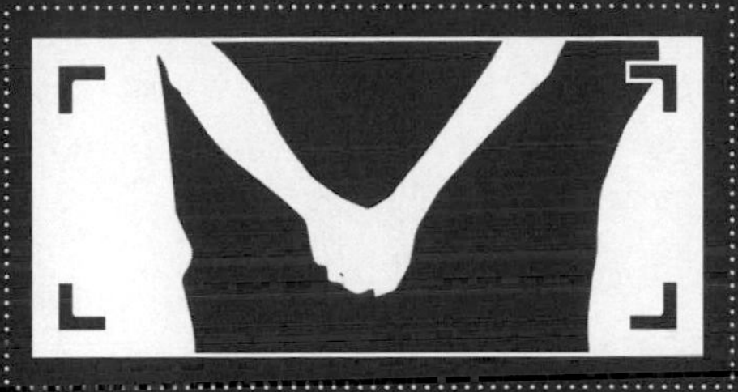

Confirmation

確 認

毅對螢幕呼喚：「聽得見我的聲音嗎？」里美點頭。

自己曾對里美說過無數次帶有求婚意味的話，某段時期還用來代替打招呼。正是因為打算和她結婚，才敢隨口開這種玩笑。

半開玩笑，卻飽含真心。每個人認真交往時，多少都有說過這種話的經驗吧？

一一回想，只會沒完沒了。兩人只要依照小丑所說，對在何時何地求婚一事達成共識的話，便能鎖定答案。

「毅！」

里美吶喊毅的名字，似乎陷入恐慌。毅大聲要她冷靜。

「時間有限，只要確認何時何地就好。聽我說，去年八月我們不是去了京都嗎？就是那個時候。」

里美拭淚表示明白。

「更早之前我說過好幾次暗示結婚的話。不過在我心中，去京都那時才算正式求婚。」

「用不著告訴我這件事啦。」里美害羞地笑道。「也對，是在京都那次吧。」

此時響起小丑提醒「最後十秒」的聲音。毅高聲吶喊，要他別干擾兩人。

「里美，妳還記得我說了什麼吧——」

當里美回答「我怎麼可能忘記」時，螢幕畫面瞬間轉暗。
擴音器響起小丑發出「時間到」的聲音。
「哎呀，真是看得我冷汗直流啊。要是其中一人不小心脫口說出關鍵的求婚句子，我就得另外出題了。我可不敢保證下一題也是特別送分題。畢竟我個人是非常希望兩位能通過默契遊戲的。」
毅怒吼要他閉嘴，小丑便噤口不語，雙手比出V字手勢。
毅向小丑確認一件事：「我沒辦法完美重現求婚時說了什麼，這你能理解吧？我沒辦法正確地記起自己說過什麼話，里美也是一樣。如果必須一字不差地寫出來，那我拒絕回答。要出其他問題就出吧。」
「你聰明得令人訝異。」小丑說。「優秀的商務人士就是和我這種凡人不一樣呢。你說得沒錯，性別差異也有影響。只要語氣相同，就算你們答對吧。」
「所以你答應不會雞蛋裡挑骨頭，故意挑剔開頭的稱呼方式不同，或是語尾不一樣這種細節吧？」
小丑拍胸脯保證絕不刻意刁難。「我是不知道樋口先生你用了什麼開頭稱呼，但我答應你不會在這種細微的差異上吹毛求疵。怎麼樣？不覺得這種條件十分符合特別送分題嗎？」

小丑下達「思考時間開始」的指令後，螢幕上便浮現 30:00 的數字。

「你或許會嫌我多管閒事，但我可以給你一些建議嗎？就我的想法——」

毅兇狠地以麥克筆指向螢幕，要小丑閉上他的嘴。小丑低頭道歉，隨後身影便從畫面中消失。

毅重新握好麥克筆，認為這問題簡單得很。

去年的八月底，我提議去京都玩三天兩夜。當時彼此因為工作行程無法配合，連續好幾天無法見面，再加上兩人之間有一些摩擦，關係因此惡化。

我心想這樣下去不是辦法，想必里美也是同樣的心情吧。我判斷是時候該把話說清楚了，便決定在京都求婚。

我並不打算設計什麼感動人心的橋段來求婚，畢竟都超過三十歲了，已經不適合製造驚喜。

所以，抵達京都入住旅館後，用完晚餐，小酌了片刻，我只說了「要不要結婚？」這句話。

如今回想起來，或許應該說句更像樣的話才對，但當時太害羞，只吐出這句話。搞不好是只說得出這句話也說不定。

老實說，我當時很焦慮。畢竟那是我第一次認真求婚。

我過去也曾跟前女友們提過結婚的話題，但那純粹是為了討她們歡心，沒有什麼深刻的涵義。

「我們就這樣一直交往下去然後結婚，就太好了。」

鮮少有男人沒說過這種話吧。就像是讓兩人關係更火熱的辛香料一樣。

但我是真心向里美求婚，因此心情急躁，甚至忘記拿出準備好的求婚戒指。

即使如此，里美還是感受到我的心意了吧，她面帶笑容回答：「往後請多指教。」

那就是我求婚的過程。

我是說「要不要結婚」嗎？搞不好是說「我們結婚吧」。

反正都大同小異，小丑也允許不需要一字不差重現，所以沒問題。

只是，在那之前我也曾說過幾次帶有結婚意味的詞句，我擔心里美會搞錯。

毅搖頭給予自己信心，他都直接告訴里美本人是去京都的時候了。

里美也明白是在京都，那是我們第一次去京都，之後也不曾再去過。

毅微微點頭，握住麥克筆，堅信一定能答對。

里美重重地點頭，接收到「京都」這個關鍵字。

何時去的自己也記得一清二楚。毅在去年的八月底邀我去京都旅行，我二話不說便答應了。

之所以一口答應，是因為我有強烈的預感毅會向自己求婚，另一方面也是基於心情焦躁的緣故。

去年放完連假，一位叫小原桃香的年輕女職員被分派到營業部，明明才二十四歲，卻女人味十足。

她對毅的態度已經不足以用露骨來形容，如今回想起來依然令人火冒三丈到腦袋一片空白。

她用宛如銀座或六本木女公關般嬌滴滴的聲音諂媚毅，明明有其他職員負責指導她，她卻把那名職員晾在一旁，動不動就找毅商量，而且襯衫還解到第二顆釦子。

我覺得她有病，其他女職員也這麼認為。但桃香完全不以為意，還宣稱自己一個女性朋友都沒有。

當時部門裡的所有人都知道我跟毅在交往，也聽說有位女前輩替我直接警告了桃香。

不過，那種警告對桃香根本起不了任何作用，應該說她以搶別人男人為樂吧。得知我和毅的關係後，她反而愈來愈積極。

毅似乎也不討厭的樣子，面對嬌聲嬌氣黏著他的桃香，兩人有說有笑。

我曾氣他幹嘛對那個像性感女優和女公關綜合體的女人一副色瞇瞇的模樣，結果毅似乎感到很心寒。

「怎麼可能，我跟她又沒什麼。她才剛來營業部耶，不懂的地方就問不是理所當然的事嗎？連課長也說她是近年來少見、態度積極的好職員。我身為前輩有義務教導她。」

令人吃驚的是，幾乎所有男職員都站在桃香那一邊。有一次我實在難忍不安，跑去跟課長商量後，他笑著勸我別那麼氣呼呼的。為什麼男人都那麼蠢？

時機也很不湊巧。當時我負責的客戶總公司位於大阪，連續幾個週末都必須出差。除此之外，我和毅的行程也湊不起來，約會次數大幅減少。

這時，我在大學研討會的同期聚會上遇見了以前短暫交往過的前男友。之後我們便順勢去喝酒。

僅止如此，並未橫生枝節。只是，日後前男友又約了我幾次。

因為有工作和私事要處理的關係，我沒有答應赴約，但我自己也不敢保證若是下次見到面，事情會如何發展。畢竟桃香的事的確對我造成了壓力。

我沒有提起這件事，但毅應該也感到不妙，便約我去京都玩三天兩夜。

我們兩人都察覺到危機，意識到再這樣下去可能會分手，而只有一個方法能修復我們的關係，那就是求婚。

老實說，決定去京都時，我就不再把桃香的事情放在心上。

因為毅選擇了我，贏的人是我。搭乘新幹線的瞬間，我們的婚事便定了下來。

只是，這次的問題是「求婚時說了什麼」，可不是被求婚時的心情，重點在於毅說了什麼。

由於一大清早便出發，新幹線駛離新橫濱時，我在車上補眠，直到抵達京都前十分鐘，毅才叫醒我說快要到京都了。

我說自己不小心睡著了。於是毅溫柔地撫摸著我的頭髮，低喃著說真想永遠和我在一起。

是否該把那句話當作求婚呢？我清楚地記得那句話說得像是求婚的語氣。

不對，不是那句話。因為毅說過是「在京都」。

當時我們在新幹線的車廂內，尚未抵達京都。我知道毅原本打算告訴我「在京都的求婚就是這次的答案」。

我們上午在京都站下車，找了一家車站附近的蕎麥麵店享用早午餐。

前往旅館前，我們先去被登錄為世界遺產、舉世聞名的名勝景點上賀茂神社參拜。儘管行程規劃了無新意，但我還是覺得應該去參拜，神社很符合我當時的心情。

傍晚四點左右，我們來到已預約好、名為優崎館的這間歷史悠久的溫泉旅館。修整完善的庭園美不勝收，令我印象深刻。

由於房間沒有附露天溫泉，我們各自前往大浴場泡澡，大概是時間尚早的關係吧，沒有其他人使用，能好好地放鬆。

之後，我們在房內用餐，享用的是所謂的京懷石料理，搭配冰鎮過的日本酒十分對味。

用完餐後，毅繼續飲酒，然後在略顯唐突的時間點對我說：「要不要結婚？」

之前毅也說過幾次結婚這個詞，比如二月參加同樣是營業部職員的婚禮後，在車上說過，或是春天去銀座看完電影後的回程路上。

還有碰巧經過一家精品店，看見它的櫥窗展示的婚紗時，或是看見電視播放結婚情報誌的廣告時。

不過在京都時，毅的表現與先前截然不同，完全沒有打哈哈或害羞難為情的舉動，而是單純地說出「要不要結婚」。

我的答覆是面帶笑容點頭回答：「往後請多指教。」

因為那天一大清早便出發，加上毅喝多了，當晚我們就這麼睡著了。想必他心情也很緊張吧。

而我則是終於放下心中的大石頭，因為毅向我求婚，我也不再感到焦躁。

隔天是觀光行程，好像都在逛寺廟。毅打趣地說：「簡直就像參加學校的教育旅行呢。」

只是，天氣出乎預料地炎熱。我一直步行，回到旅館時便感到身體不適，晚餐沒吃幾口就去休息。

隔天早上身體恢復，用完旅館的早餐便返回東京。在享用早餐時經過一番討論後，我們決定直接前往我的老家，向父母報告兩人即將結婚的消息。

我的父母對毅十分滿意，之前毅也曾來我家拜訪過幾次。由於我之前便提過打算和毅結婚，因此當毅喝了口茶，送出伴手禮正襟危坐地低頭請求我父母將我嫁給他後，父親便爽快地答應，就此完成儀式。

當時毅也再次鄭重地向我求婚。不過，那是在東京確認我的意願而說的，不算正式求婚。

關鍵詞是「在京都」。回顧三天兩夜的京都旅行，稱得上是求婚的只有第一天晚上用完餐說的那句話。

里美打算在寫字板寫下答案，卻突然停手。不對，還有另一句。

第一天晚上他的確說了「要不要結婚？」，我印象十分鮮明。不過，那只是口頭表示而已。

返回東京當天早上用完早餐後，毅鄭重其事地要我坐下，從袖兜拿出一只深藍色小盒子，放到桌上。

「花了我四個月的薪水。」毅面帶微笑打開盒蓋。「多花一個月薪水是代表我對妳的愛……我會讓妳幸福一輩子。」

盒裡裝的是一枚鑽石戒指。毅再次笑道：「本來打算昨天拿給妳的，但感覺妳身體不太舒服。

「該怎麼說呢，算是時機不對吧。所以拖到現在才拿給妳，快戴戴看。」

我將戒指戴進左手的無名指後，戒圍剛剛好。我沒想到自己會如此感動，感動到甚至哭了出來。

求婚是指什麼呢？里美目不轉睛地盯著左手的無名指。

雖然自己現在戴的是黃金婚戒，卻不曾忘記那枚鑽戒的光芒。

並非是看在鑽戒的份上才答應結婚的，只是求婚可以光靠口頭就成立嗎？

仔細想想，「要不要結婚」這句話感覺不夠積極。該怎麼說呢，聽起來更接近商業用語所謂的「試探」。如果被拒絕就改其他方案的感覺。

相比之下，「我會讓妳幸福一輩子」這句話更有誠意。鑽戒也能感受到他明確的決心。

毅說了在京都，他認為哪一句更符合正式的求婚呢？

明知道不能想太多，卻無法判斷哪一句才是正確答案。螢幕上顯示著 13:22 的數字。

⌛

「京都，要不要結婚？」

毅在寫字板上寫下答案後，左右張望。還剩十幾分鐘，還能怎麼利用這段時間？難道真的無法逃離這裡嗎？不可能。

箱子也好，牢籠也罷，既然自己身在其中，就一定有出入口。只是再三查看，依舊找不到在哪裡。

不過，唯獨有一處能夠逃到外頭，就是廁所。

自己確認過廁所的洞口，由於洞內鋪了一層黑色塑膠袋，無法看穿另一頭的情況。但是照明換成了白熾燈泡，塑膠袋的形狀因此清晰可見。袋子垂進排水用的洞口，代表馬桶下有空間。

毅放下寫字板，走向廁所，用雙手抓住白陶瓷馬桶左右搖晃，時而用腳踹，但馬桶依然不動如山。

無奈之下，只好不悅地趴到地板，查看起馬桶四周。

仔細一看，發現馬桶被木螺絲鎖死在地板上。法蘭盤的部分鎖滿了螺絲釘，而馬桶本身也用黏著劑黏在地板上的樣子。

黏著面不大，只要轉開螺絲，應該就能移動馬桶。

但必須有螺絲起子或扳手之類的工具才能轉開，不可能用蠻力拔出螺絲。

雖然沒有工具，但有一樣東西可用，那就是之前拆下的塑膠馬桶座。

毅用腳踩住馬桶座，用盡全力向上扳，於是馬桶座發出尖銳的聲音，斷成兩半。這樣不能用，毅把半片馬桶座扔到一旁。

因為完美地斷成兩半，不能拿來當工具使用，只能用力往地上摔成碎片了。順利的話，或許能當一字起子使用。

毅將半片馬桶座摔到地上，祈禱能成功。摔到第三次，碎片四濺，手中剩下裂成斜面的馬桶座。

插進螺紋，正好契合。毅使勁往逆時鐘方向轉後，感覺到螺絲在轉動。

（行得通！）

他用大拇指和食指捏住慢慢浮起的螺絲，用力一轉，竟輕易地拔出第一根螺絲。望向螢幕，可見 4:36 的數字。毅嘀咕著再拔一根，著手處理第二根螺絲。

轉開第二根螺絲後，小丑提醒「還剩三十秒」。毅打算之後再繼續處理，便先坐回鐵管椅上。寫字板上早已寫好答案，不成問題。

小丑倒數「三、二、一、零」後，響起結束的提示音。

「對相愛的兩人來說，這次的問題再簡單不過了。還有什麼問題比求婚時說的話來得簡單嗎？只要兩人之間有愛，就絕對不會忘記求婚時說了什麼。怎麼樣，有自信嗎？」

毅朝地板啐了一口唾液說：「你的聲音真是令人火大。

「不只聲音，還有你的語氣，充分展現出何謂虛情假意。你給我聽好了，等我出去後，一定會馬上找到你，把你揍得連你父母都認不出來！」

「好遜的恐嚇詞啊，」小丑揚起嘴角，「實在不適合從你口中說出來。你可能擅長商務談判，但我不會受你挑釁，因為你絕對找不到我。我只是司儀，只要默契遊戲結束，我也將不復存在。」

「夠了！」毅怒吼，「快點核對答案吧。不過，在那之前我再聲明一次。」

「什麼事？」

「在答題前我也說過，若是因為語感有些許的差異而判定答錯的話，我拒絕回答這一題。比如說『我們結婚吧』、『要不要結婚』這種程度的差異，必須判定為答對。雖然你說這個問題很簡單，但很少有人會一字不差地記得求婚時說了什麼，不是嗎？」

「我應該說過，」小丑開口：「大多數的男性確實無法重現求婚時說了什麼，所以只要語氣相符，就視為答對。我已經答應過你了才對。」

毅重新坐好，回答：「那就好。」我確實是在京都求婚的沒錯，但我不確定當初求婚時是用了「我們結婚吧？」還是「要不要結婚？」哪句話。

不過，只要寫下帶有「我們結婚吧」意思的答案就夠了。如此一來，不管小丑說什麼，我都能主張答對。

說得極端一點，只要里美寫下「結婚」兩個字就行了。

求婚怎麼能少了「結婚」這個詞，一定能答對。

小丑在螢幕中揮動手指，詢問毅是否準備好。

「請向螢幕秀出彼此的回答！」

毅將寫字板翻到正面，畫面中的里美也做出同樣的動作。

⌛

傳來小丑宣布「答錯」的聲音，里美凝視著螢幕，僵在原地。

「京都，要不要結婚？」

毅的寫字板上寫下上述答案，而自己寫下的答案則是「我會讓妳幸福一輩子，京都」。

螢幕上的小丑垂頭喪氣，表示遺憾。

「我沒想到結果竟會如此，許下愛的誓言的兩人，有可能會搞錯求婚時說了什麼嗎？真是令人難以置信。」

里美雙手伸向螢幕說：「等一下。」

「我跟毅都寫了是在京都求婚對吧？他是在旅館的房間向我求婚的，當時我們決定要共結連理。就算語氣有些不同——」

小丑說題目並不是問在哪裡求婚。

「而是『求婚時說了什麼？』如此簡單的問題，與地點無關。」

「可是……」

小丑勾起嘴角笑道：「我的確說過可以允許語氣上的差異。

「但是兩位的回答已經超過了容許範圍，因為沒有一個詞彙是一致的。總不能把黑說成白，對吧？」

「我會讓妳幸福一輩子就等於結婚的意思吧？求求你，既然地點都答對了，就算用字遣詞不同，意思也是一樣的，拜託算我們答對吧！」

里美離開椅子，靠近螢幕。小丑對她搖頭表示十分遺憾。

「這個問題的重點就是擺在用字遣詞上。兩位去京都旅行時，樋口先生的確在第一天晚上對妳說了『要不要結婚？』，然後在返回東京那天早晨說『我會讓妳幸福一輩子』，並送妳戒指。這兩句話都算是求婚時說的話，但既然兩人並未達成共識，我也只能判定你們答錯了。」

里美拍打螢幕，控訴小丑這樣是詐欺。

「怎麼說你都有藉口反駁，選擇哪一句全憑我們的感覺吧？這樣不是只能靠運氣才能答對嗎！」

里美大聲吶喊。此時，有東西突然砸上她的臉，讓她的視野一片白茫茫。這不是比喻，而是她的臉真的染上一片雪白。

小丑行過一禮表示歉意。

「正如我一開始所說的，答錯問題會給予懲罰。別擔心，妳臉上沾的是發泡鮮奶油，完全沒有傷害兩位的意圖。」

里美用手掌擦拭臉龐：「這是什麼啊！」黏膩噁心的觸感，還發出臭蛋味。

小丑拍了拍手：「我忘記說了。

「如果只是單純的發泡鮮奶油就太無趣了，所以我加了一點淵醋，畢竟是懲罰嘛……哎呀，別在意，馬上就會習慣了。」

里美一再擦拭臉上的鮮奶油，但黏膩的觸感依然揮之不去。每擦一次，就用手摩擦地板，但怎麼也沒辦法完全去除，反而愈來愈臭。

里美反胃想吐，摀住嘴巴。結果沾到手上的鮮奶油順勢跑進鼻子，令她乾嘔不止。

「我勸妳最好別吐。」小丑笑著說。「如果真的忍不住，趕快衝去廁所比較好吧。醋跟嘔吐物交雜在一起的臭味，可是非常難聞的喲。」

里美忍住吐意，衝向廁所。笑聲緊隨而來。

毅脫下T恤擦臉，鮮奶油幾乎擦乾淨了，唯獨醋味難消。

他指向螢幕要小丑不准笑。螢幕旁的牆蓋開啟，伸出一條管子，奶油就是從那裡發射出來的。

「惡搞也要懂分寸吧，做這種事有什麼好玩的？」

「還挺好玩的呀。」小丑微笑道。「老套歸老套，經典懲罰還是有它的過人之處。」

毅將沾滿奶油的T恤扔向螢幕，大罵：「混蛋！」T恤黏在畫面上，笑聲卻持續不斷。

「少瞧不起人了！」毅用手抹牆。這奶油的黏度顯然比普通的發泡鮮奶油來得高，手上始終無法擺脫這令人不快的黏膩感。

毅雖對小丑感到憤怒，但對里美更是怒火沖天。

那個女人是真的蠢嗎？求婚耶，怎麼可能會沒有包含結婚這個詞！

毅敲打牆面，在心中怒罵「王八蛋」。為什麼我非得遇到這種倒楣事不可啊？

里美到底在想什麼？我不是說了「要不要結婚嗎」！

那句話不算求婚的話，那什麼才算是求婚？還有什麼其他的意思存在嗎？

自己是被里美的外貌、天性開朗與有教養的言行舉止所吸引，對她產生好感。開始交往後，便認為她是自己最佳的結婚人選。

他現在依然覺得自己的判斷無誤。只是交往後不久，便發現她並不是個聰明的女人。

這不算是缺點，比那種裝知性的假文青女人好太多了。只是沒想到她會愚蠢到這種地步。

「求婚時說了什麼？」

這問題雖不像小丑說的那麼容易，但還算簡單。任何女人都會聯想到結婚這個詞吧？

為什麼會答錯如此簡單的問題？

‧‧‧‧‧‧‧‧‧‧‧‧

此時響起小丑詢問「感覺如何？」的聲音。毅將黏在螢幕上的T恤扔到地板上。

「是否冷靜一點了呢？想必你心情一定十分不悅吧……」

「廢話，王八蛋！」

小丑做出用手安撫的動作，要毅冷靜。

「我也沒那麼冷血無情。我再三重申，我由衷希望兩位通過默契遊戲，此言絕無虛假。」

「少扯了！既然如此，就快點放我們出去啊！」

小丑回答：「這一點恕難從命，不過接下來的第七題是為了援救兩位而出的題目。」

「援救？什麼意思？」

螢幕下的蓋子突然打開，可看見裡頭放著一瓶一公升的礦泉水。用不著伸手，想也知道前面擋著一塊玻璃。

小丑彈響手指說：「立刻進行第七題。」

「礦泉水只有一瓶，你會把這瓶水讓給對方嗎？」

毅沉默不語。小丑點頭說道：「沒錯。」

「這一題和第五題一模一樣。不過，有一點不同，那就是這次礦泉水真的只有一瓶。請在時間限制內思考該如何回答。」

毅直覺認為礦泉水真的只有一瓶。問題的意圖顯然是想試探兩人愛情的深度吧。

「怎麼樣，是否要討論呢？」

毅擠出聲音：「目前還不用。」小丑說：「里美小姐也同樣不打算討論。」

「那麼，思考時間現在開始，照例限時三十分鐘。開始計時！」

小丑的身影從螢幕上消失，取而代之的是 30:00 的數字特寫畫面。毅撿起 T 恤，走向廁所。

趁這三十分鐘的思考時間，拔出剩下的兩根螺絲，移動馬桶，然後從那個洞口脫逃。

毅將馬桶座碎片插入第三根螺絲的螺紋，轉動螺絲後，腦中突然掠過被鮮奶油砸中臉的事。

滿臉奶油的我，肯定很滑稽吧，惹得小丑哈哈大笑。

然而笑聲不只一個人，有好幾人的笑聲重疊在一起。

之前就察覺有很多人與這場默契遊戲有所牽扯，但並未聽見他們的笑聲。幕後的那群人，或是該稱之為工作人員的傢伙們，若是正在觀看這場默契遊戲，那麼在某處傳來笑聲也不足為奇。

為何剛才會聽見其他人的笑聲？是故意的嗎？還是不小心的？抑或是出了什麼差錯呢？

大概是失誤吧，那是真實的笑聲，不像小丑有經過變聲處理。

笑聲只有短短數秒，沒有什麼特徵，只知道至少有兩人以上，而且摻雜了女人的聲音。

那些笑聲究竟是什麼意思？聲音中蘊藏的惡意令人恐懼。

⏳

里美用寶特瓶中所剩無幾的水濡濕手掌，擦拭臉龐。重複幾次相同動作後，水用完了，卻依然無法消除撲鼻的異臭。

口中只有胃液的苦味，以及刺鼻的醋味和始終擺脫不了的發泡鮮奶油。

眼前有一公升裝的礦泉水，但被玻璃阻擋，看得到摸不著。

即使自己大喊「給我水」，拍打玻璃，也不可能打破。真是摧殘人心的酷刑。

里美不死心地胡亂拍打著玻璃心想，這樣下去我會瘋掉。

為什麼事情會演變成這個地步？都怪毅，全是他害的。

他的確說過「要不要結婚」，我記得這件事。

可是，求婚有這麼簡單嗎？在那之前我們也提過好幾次結婚這個詞。

真想結婚呢。要是未來能結婚就好了呢。如果結婚的話，要住哪裡？

當毅邀我去京都時，我就有預感他會向我求婚。就算沒有用話語暗示，憑態度也能明瞭，感覺得到和平常有些不同。
我想和他結婚，但總不能由我主動求婚。
任何情侶都是如此吧，通常是由男方向女方求婚。
或許在他心中，「要不要結婚」一句話就算是求婚，而我也答應了。
但是那樣就算求婚的話，未免也太無趣了。一點都不浪漫。
他應該也有自知之明，所以才會在回東京那天早上加上一句「我會讓妳幸福一輩子」，然後送上戒指。那才是正式求婚。
里美癱坐在地，暗忖著自己哪裡幸福了？目前這種狀況根本一點也不幸福，反而不幸到了極點。
想大聲求救，卻只能發出沙啞的聲音。再怎麼吶喊也無濟於事，沒有人會來幫助自己。
毅也靠不住，依靠那種男人根本沒意義，還是自力救濟，思考怎麼逃離這裡吧。
不過，在那之前得先回答第七題。默契遊戲總共十題，只要連續答對剩下的問題，就能離開這裡。
「和第五題一模一樣。」
腦海響起小丑的聲音。問題完全相同。

既然如此，答案早已底定。他應該會把水讓給我。

不過，當真會如此嗎？里美用力咬著嘴唇。自己已經猜不透毅的心思。

如今心裡對他的信賴已降到趨近於零。如果他也一樣，那麼答案會如何呢？

眼前浮現毅破口大罵「剛才已經把水讓給妳了」的模樣。誰會把水讓給妳這種自私的女人啊。這次換我了。

里美拚命地嚥下湧上喉嚨的胃液。冷靜下來，仔細思考。現在把注意力集中在這個問題上吧。

她望向螢幕，看見 19:21 的數字。這時，腦海突然響起小丑的話。

「——兩位去京都旅行時，樋口先生的確在第一天晚上對妳說了『要不要結婚？』，然後在返回東京那天早晨說『我會讓妳幸福一輩子』，並送妳戒指。這兩句話都稱得上是求婚——」

為何小丑會知道我們的對話內容？

實際的對話過程正如小丑所說的那樣。自己和毅都是回溯記憶，想起當時的事，各自選擇求婚時說的話。

姑且不論選擇錯誤這件事，但為何小丑會知道求婚時說了什麼？

我們在旅館是在房間用餐。端菜餚進房的是女侍，放好菜餚後便立刻離開，房內沒有其他人，不可能有人竊聽。
心中浮現竊聽這個單字後，里美的手臂不禁起雞皮疙瘩。
這並非惡作劇、惡搞或開玩笑，打從一開始我們就注定會參加默契遊戲。
可是究竟是誰？又是為什麼選擇我們？
對方準備得異常周到，從錄下大學二年級交往幾個月的前男友本多與即將畢業時才與他交往的野島裕子之間的電話內容便可見一斑。
本多與裕子是在大學四年級十二月左右開始交往，聽裕子本人說，兩人交往約一年就分手了。
雖不清楚兩人的對話是在交往的一年中哪個時間點被錄下的，無論如何，都已經是五年多前的事了。至少從那時起我就被盯上了。
難以置信，究竟是誰盯上了當時還是普通女大生的我？
不只竊聽了我跟毅的對話，還竊聽了朋友的電話。到底是誰、又為什麼做出這種事？
里美用雙手按住頭，手下的長髮因汗水和奶油而黏成一團。她的腦袋一片混亂，完全搞不清楚究竟是怎麼一回事。
這不像是遊戲，哪裡不太對勁。得立刻跟毅交談才行，不知道他對現狀理解到什麼程度？

警示音突然響起，螢幕出現小丑的身影說：「抱歉在兩位思考時打擾。」里美凝視他的臉龐。

⌛

「抱歉在兩位思考時打擾，容我給你們一個建議。」

螢幕上的小丑臉上浮現笑容。毅大喊：「什麼建議？」

「非常簡單，包含這第七題在內，默契遊戲還剩四題。」小丑右手豎起四根手指，左手則豎起兩根手指。「不過，兩人已經答錯兩次。如同我一開始所說，答錯三次，遊戲便宣告終結。」

毅將馬桶座碎片插進第四根螺紋的螺紋中，氣喘吁吁地說：「那又怎樣？

「遊戲結束？好極了，快點結束這無聊的惡作劇吧。要不然我放棄吧？這樣比較省麻煩。」

小丑緩緩搖頭：「我由衷建議你最好別說這種話。」螢幕同時顯示出 10:00 的數字。

毅不屑地要小丑閉嘴，開始轉動螺絲，不到一分鐘便轉開最後一根螺絲。

他用手推動馬桶後，右側的黏著面便微微浮起，於是他將T恤甩掛到肩上，竭盡全力推。

馬桶動了。再使勁推，又移動了幾公分。

不知不覺，T恤掉落地板，但毅無心理會，強忍著肩痛，站穩腳步，使出渾身力量後，馬桶便發出巨響，移動了約三十公分。

毅當場跌坐在地，氣喘吁吁地將空氣送往肺部。等他調整呼吸，探頭窺視地板後，由於移開了馬桶，便能看見下水管的洞口。

洞口的直徑不到三十公分，根本沒辦法從那裡逃到外頭。

不過，毅別有用心。他用腳踩破包住洞口的黑色塑膠袋後，傳來一陣刺鼻的阿摩尼亞味，但他依然直接用嘴對著洞口，大聲求救。

希望有人聽到我的聲音，應該會聽見才對。就算聽不懂我在說些什麼，只要發現有人在喊叫就行了。

「救命啊！我被綁架囚禁了！有沒有人聽見！」

毅持續吶喊，不讓聲音中斷，喊累了就用馬桶蓋敲打洞口。

自己能做的就只有發出聲音或製造聲響，期盼有人能聽見——

「剩下三分鐘。」

此時突然響起一道聲音，毅抬起頭，看見螢幕上的小丑豎起三根手指。

「你寫好答案了嗎？先不管這個，剛才里美小姐提出討論的要求，因此暫停時間。」

毅嗓音沙啞地呢喃：「討論？」

在出第七題前，我跟里美都告知小丑不需要討論。這題沒有討論的意義。應該說，我不想跟里美說話。反正她不是哭訴個沒完，就是說一些蠢話罷了吧。

「時間只剩三分鐘，現在才討論有什麼意義？」

小丑聳肩表示他也不知道。

「關於討論，我只不過是傳話人。里美小姐要求和你討論，我就傳達她的意願給你，如此而已。只是，正如我剛才所說的，我可以給你們建議。」

「建議？」

「兩位已經討論過一次。」小丑說：「三次討論機會已用掉一次，還剩兩次，而問題還剩四題。現在是否該行使討論的權利，端看兩位的判斷，應該慎重考慮。這就是我給兩位的建議。」

毅站起來大吼：「是要考慮什麼！」

小丑微微垂下目光，回答：「在出第七題前，里美小姐說不需要討論。那大約是在二十七分鐘前。事到如今卻要求討論，我認為你應該要思考其中的涵義。想必里美小姐在這二十七分鐘內，想到了什麼非得向你傳達的事情吧。」

毅瞪視螢幕，質疑小丑是否在誘導他。

「你打算讓我浪費掉一次討論機會吧？我才不會上當！」

小丑閉上雙眼，左右搖頭，認為毅已失去冷靜的判斷力。

「就算你移動馬桶，不斷求救也是白費功夫。不可能從那麼小的洞口逃到外面，喊破喉嚨也不會有人聽見。我們早已做好萬全的準備，排除任何能想得到的風險。」

毅用T恤擦拭髒手，表明早就知道小丑團夥在監視自己。

「能從馬桶洞逃離的可能性幾乎是零吧。不過，聲音可就不一定了。就算有裝隔音牆，也無法徹底防止聲音外漏。我賭的是這個可能性。」

小丑再次搖頭，否定毅的說法。

「你很聰明。打從一開始就得知那間房間安裝了攝影機，也發現我們在監視著你的一舉一動。你說得不錯，即使有隔音，還是會感受到振動，有被人發現的風險。但你真正的目的是，有人為了制止你的行為進來你那個房間。」

毅啐了一口唾沫；小丑莞爾一笑對他說：「不得不承認你的著眼點很棒。

「照理說，既然你被關在那個房間裡，出入口一定在某處。你以邏輯推論，最後得到了這個結論。可是，卻找不到出入口。既然如此，那就讓人打開就好。因此你在明知被監視的情況下，刻意移動馬桶。」

毅扔掉手中的T恤怒吼：「那又怎樣！」

「你可能認為自己的判斷很正確，不過請你冷靜思考一下。」小丑說，「我們探討所有的可能性，不斷模擬情境。絕不可能憑著一時心血來潮策劃這種事。無論是你還是任何人，企圖做出何種舉動，直到默契遊戲結束前，都不會有人進去那裡。因為我們知道那才是風險最高的行為。聰明如你，竟然沒察覺到這一點，我認為便是你失去冷靜的證明。」

「我之前也說過，等我出去這裡絕對會找到你，」毅用腳踢了一下地板說：「把你碎屍萬段！我是說真的，不是在恐嚇。」

小丑頷首，表示自己隨時恭候。

「那麼，回歸正題。我已如實轉達里美小姐要求討論一事，也絲毫沒有誘導你的打算。之所以給予建議，是想幫助你們通過遊戲，我希望把願意助兩位一臂之力的心意傳達給你們。」

毅嘟囔道：「那還真是感謝你喔。」小丑放大音量回答：「我並不是在說笑。

「我由衷地希望兩位無論如何都能通過這場默契遊戲。你可能不信任我，但我自認為這一路以來給了兩位許多提示。」

「你說給了提示是什麼意思？」

小丑摀住嘴巴，表示不便多說。

「不過，唯獨一件事我能告訴你。要通過遊戲只有一個重點，那就是真實的愛……好了，你考慮得如何？是否要接受討論要求？」

「什麼真實的愛啊。」毅一屁股坐到鐵管椅上嫌棄地說，「說得一副很懂似的，在這種狀況下哪來真實的愛啊？還討論個——」

小丑翕動嘴唇。毅想抱怨聽不見，說到一半，面前的小丑迅速搖了搖頭。

自己雖不會讀唇語，但知道小丑想表達什麼。他要自己接受討論。

這是怎麼回事？為什麼小丑要做出這種舉動？有話直說不就得了？

自己無法判斷該如何是好。該接受討論嗎？小丑是敵是友？

計時器依舊停止在剩餘的三分鐘，而討論時間是三十秒。

此時跟里美交談又有什麼幫助？然而，手卻不由自主地按下桌面上的白色按鈕。

小丑宣布討論成立。

Discussion 2

討論 2

小丑舉起右手表示要確認時間。螢幕上的數字停留在 2:59。

「討論時間是三十秒，絕對不算長。首先，奉勸你保持冷靜，避免情緒化，請仔細思考該傳達什麼訊息給對方。」

里美點點頭，但思緒如麻，該怎麼告訴毅才好？

與其說是小丑，應該說是小丑們吧。單憑一己之力絕對無法完成這種事，肯定不只一人參與。

他們知道自己與毅曾去京都旅行，還竊聽我們的對話。

不只那時，甚至更早以前。至少可推斷是從自己大學時期起便開始竊聽。假設從我十八歲時開始，足足有十個年頭。

里美全身蒼白無血色。自己被監視了十年？搞不好更久？

不僅對自己的交友關係瞭如指掌，甚至還竊聽朋友之間的對話，豈有此理。我實在想不出有什麼理由讓他們十年來持續調查一位普通至極的女大生。這麼做能獲得什麼好處？

「如果只鎖定我一個人還能理解。」里美喃喃自語。想成是某種跟蹤狂的話，事情倒還說得通。

現在這個年頭，即使有人十年來執著一名女性也不足為奇。

並非只有死纏爛打、不斷打電話、寫信或傳訊息騷擾的人才稱之為跟蹤狂，也有只是默默關注的類型。由於並未做出圖謀不軌的事，因此沒有察覺，但那也是跟蹤狂的一種。

里美搖搖頭，這次的情況不一樣，這不是所謂的跟蹤狂。十年來不斷收集里美的個人情報，然後等到她一結婚便露出獠牙。

並非以戀愛或性慾為目的，也不是執念、執著或執迷。

雖然被綁架監禁，但並不是擄人勒贖。小丑說過他們這麼做不是為了錢。

那麼是基於怨恨嗎？不過，實在想不到有什麼人會對自己懷抱著如此深仇大恨。

是嫉妒毅嗎？我知道有人妒忌在永和商事這間龍頭企業的營業部，以王牌之姿備受期待的毅。

公司內男性職員的嫉妒心比女性強。一說到嫉妒便會聯想到女性的情感，但男職員們在公司互相扯後腿的模樣，令人看了不寒而慄。

不對。里美再次用力搖頭。他們監視的是自己，而不是毅。

該如何向毅解釋才好？十年來，或是更久以前他們就盯上我，並決定遲早要讓我參加這場默契遊戲。

毅怎能可能相信這種事，想必會反問對方的動機是什麼吧，但我自己也答不上來。

既然如此，為什麼要討論？是不是該趁現在取消才好？

「妳應該先在腦海裡整理好該討論什麼。」三十秒可是很短的喲，小丑輕聲說道。

「下述意見僅供參考，妳可以討論關於第七題的回答。問題只剩四題，而你們已經答錯兩次，這題再答錯便闖關失敗，最好集中精力答對眼前的問題為妙。」

里美雙手抵住額頭，不知該如何是好。

總之，只能將他們監視我十年以上的事情告訴毅，希望他相信了。

小丑開口詢問里美是否已做好準備。

「距離妳要求討論、樋口先生同意後，已經過了五分鐘。」

里美望向螢幕，要求再給自己一分鐘。小丑點頭，同意等待。

⌛

毅凝視著映照在螢幕上的里美，她抱頭沉思，似乎在猶豫該說什麼。

毅用手臂擦拭臉頰上的鮮奶油，暗忖著里美狀態不對勁。明明主動要求討論，卻還沒想好要說什麼嗎？

不對。毅搖搖頭。里美有新發現，打算告訴我。

而且那件事非常重要，否則不會在只剩三分鐘的時間點要求討論。大概是認為非現在告訴我不可吧。

我能猜想到的只有一件事。第六題答錯時，臉上被砸加了醋的發泡鮮奶油。當時的確有聽見笑聲，至少有三人在笑，笑聲跟小丑的重疊在一起。而其中一個是女人。

里美想告訴我的應該是這件事吧？她想表達有不只一人牽扯進默契遊戲。

等一下。毅用手指用力按壓太陽穴。也許還有其他事。

冷靜思考過後，任誰都知道這場默契遊戲不可能只靠小丑一人掌控。

就拿攝影機這件事來舉例好了，用膝蓋想也知道操縱攝影機的並非小丑，里美應該也知道這一點才對。

那麼，里美究竟想告訴我什麼資訊？

「一分鐘後討論開始，你做好心理準備了嗎？」

毅輕輕點頭，回應小丑。總之，先聽她怎麼說吧。默默聆聽就好，不要隨便插嘴打斷她。

即使有意見要表達，也必須先聽她說完再判斷。

螢幕上再次顯示里美的身影，只見她淚眼汪汪的模樣。

⌛

小丑倒數到零的聲音與提示討論開始的聲響重疊的同時，里美開口說道：

「毅，聽我說。第六題後，小丑說我們去京都時，你在第一天晚上對我說『要不要結婚？』然後回程當天早上對我說『我會讓妳幸福一輩子』……一字不差地重現我們當時的對話，連情境都知道得一清二楚，你不覺得奇怪嗎？甚至對晚餐時、早餐後這些時間點都瞭如指掌。根本是竊聽了我們的對話。」

毅在螢幕中要里美繼續說下去。里美吶喊道：「不只如此！

「我大學時交往的前男友，畢業後跟我朋友交往，他們兩人講電話的內容被錄了下來。你懂我的意思嗎？小丑他們從很久以前就盯上我了。」

毅面露懷疑。「我想應該上大學時就開始了。」里美回答，「搞不好更早。從那時起我們就注定會參加這場默契遊戲。為什麼偏偏挑上我們……」

毅詢問里美對方為何要做那種事，里美也不知道。

「我一直在思考他們這麼做能得到什麼好處。我不曉得自己的推論是否正確，莫非是想確認我們的心情、考驗我們的愛情嗎——」

警示音響起，出現在螢幕上的小丑告知討論時間結束。

「討論得如何？過程還順利嗎？」

里美垂頭喪氣，表明自己並不清楚。她推測小丑團夥的目的是考驗自己與毅的愛情，卻無法斷言是否正確。考驗新婚的兩人是否鶼鰈情深，到底有何意義？

「那麼，再次倒數計時。」小丑話音剛落，螢幕便浮現 2:59 的數字。「妳還記得第七題的內容嗎？『礦泉水只有一瓶，你會把這瓶水讓給對方嗎？』答會或不會，或是寫下名字都可以。只要兩人擁有真實的愛，這問題絕對不難。」

里美拿起寫字板，唇瓣吐出「真實的愛是指什麼意思？」這句話。當她抬起頭時，螢幕上已不見小丑的身影。

⌛

盯著螢幕的毅，雙眸映照出 00:00 的數字。小丑宣告時間到。

「寫好答案了嗎？有自信嗎？」

毅擦拭額頭的汗水，嫌小丑囉嗦。牢籠近似密閉狀態，皮膚能感受到室內的溫度正在上升。

小丑說：「那麼，請將寫字板面向螢幕。」

「我的答案是，把水讓給里美。」

毅單手舉起寫字板；小丑鼓掌叫好。

「答得好！請看，你太太的回答也一樣！」

螢幕上映照出里美的身影，她手上的寫字板寫著「請把水給他」。

「我感覺自己親眼見證了真實的愛。」小丑以雙手食指搓揉眼頭。「世風日下，戰爭、貧困、犯罪、疾病，所有災禍降臨人間，但你們證明了只要有愛，所有問題都能克服。」

毅將寫字板扔到地板，要小丑少廢話。

「快點把水給她就好。」

牆蓋開啟，礦泉水掉落眼前。毅大喊：「我不是叫你把水給她嗎！」

小丑面帶微笑回答：「兩位答對了問題。我應該解釋過答對時會給予獎勵，你忘了嗎？你太太也有水喝，所以請安心飲用吧。」

毅一個箭步衝向前，抓起礦泉水，以瓶就口，水流進喉嚨，頓時有種起死回生的感覺。

「這下子只剩三題了。」小丑指示毅坐下。「然後只剩一次討論機會。條件不算好，但也不糟。重點在於要在哪一題使用討論機會吧。」

毅用手盛水擦臉後，刺鼻的醋味消散了許多。

「那麼，立刻進行第八題……」小丑說到一半，毅揮了揮手要他暫停。

「我不舒服，想吐。」

小丑點頭允許，於是毅便抓著礦泉水走向廁所，把臉塞進馬桶，將手指伸進喉嚨。他並非真的想吐，而是在爭取思考的時間。

里美說小丑他們從很久以前就盯上她了。上次討論時，也提到她以前的朋友講電話的內容遭到竊聽。

里美六年前大學畢業，若說小丑他們錄下了當時的對話實在令人難以置信，但事到如今也只能相信了。

考慮到自己在京都求婚時的事，正如里美所說，他們應該老早就在監視我們了，肯定也竊聽了我們的對話。

里美小學到高中上的是基督私立學校，大學則畢業於有名的名媛學校——朱空大學。由於她個性開朗、容貌姣好，大學時甚至當選過校花。

不過，最近擁有這種資歷的女性也不少。總而言之，朱空大學這十年來校花輩出，包含準校花在內共有三十人。

其中有人成為主播或模特兒，甚至在演藝圈大放異彩。里美反而算是普通的。家世也是。田崎家雖比普通人家富裕，卻並非超級豪門。舅舅是永和商事的董事，是創始人轡田家的遠親，僅此而已。

雖然她一定過著豐衣足食、隨心所欲的生活，但並不是什麼特別的人。誰會盯上她？而且還盯了好幾年。符合目標的同輩女性多的是吧。

毅輕聲乾咳了一下後，小丑問他吐好了嗎？

「身體舒服多了嗎？請容我繼續進行默契遊戲。」

毅當場啐了一口唾沫，站起身來。

⌛

室內響起低俗的吹奏樂曲，小丑開朗地大喊：「終於來到最後階段了！」

「剩下三題，只要通過就是兩位獲勝，能獲得兩千萬圓的獎金和豪華獎品——」

此時，里美雙手合十請求。

「我什麼都不要，所以到此為止吧。如果我們做了什麼壞事，或是傷害了別人的話，我真心誠意地道歉。雖然我不記得有招人憎惡或怨恨，但或許是不自覺地踩到了別人的痛處，若是因此得罪別人，我願意賠罪，也會以任何形式負責。所以，原諒我吧。」

「別這麼說嘛，」小丑諂媚似地搓揉雙手說：「只剩下三題囉。而且問題不難，只要兩人真心相愛，便能輕而易舉地回答出來，希望你們能把它當成絕佳的好機會……那麼，第八題請看螢幕。」

明白小丑並不打算收手後，里美望向螢幕，看見一行字。

「對方在你人生中排名第幾順位？」

里美嘟囔著看不懂這道題目的意思，小丑便點頭表示他早已料到里美會這麼說。

「這次多少需要說明一下，問題並不難懂。恕我直言，妳過去曾談過幾段戀愛對吧。」

「幾段……」

小丑低頭為他失禮的發言道歉。

「這是理所當然的事，我甚至覺得談戀愛是很美好的事。據新聞報導所示，近年來無異性交往經驗的成年人比例已超過五成，我個人認為這樣的風潮令人可嘆。戀愛是使人成長的糧食，與一名對象貫徹純愛固然美妙，但享受多段戀情也是一種人生啊。何況妳長得那麼標致，沒談過戀愛才奇怪吧。當然，樋口先生也一樣。」

「這……」

毅並非是里美的初戀情人，反之亦然。

里美今年二十八歲，毅三十一歲，要是以前沒談過戀愛才令人退避三舍吧。用不著小丑說明，里美也知道社會上沒談過戀愛的人變多了，但她不認為有什麼奇怪，只是代表覺得談戀愛沒有意義的人變多了而已。

打死不談戀愛、認為談了也沒意義的人增加是事實，對他們而言，戀愛不是必需品。

相反地，里美和毅則對戀愛十分積極。不僅互相談論過去的戀情，兩人的關係也並未因此惡化。

「我可以繼續說下去嗎？」小丑開口。

「我再三強調，即便妳交過一百個、一千個男友，我也全面認同。這個問題希望妳回答的是，在妳交往過的男友中，樋口毅先生排名第幾。」

「排名第幾……」

「戀愛有各種形式。」小丑以鮮紅的舌頭舔了舔嘴唇。

「幼稚園兒童喜歡幼教老師，也並非只有兩情相悅才算是戀愛，我認為單戀也是一種崇高的戀愛。另外不限異性，也有人會愛上同性吧。或是透過社交平臺對素未謀面、甚至不曾聽過聲音的對象產生情愫，也一點都不奇怪。」

里美搖頭，表示自己不屬於那類。世上或許有人談過網戀，但自己只談過真實的戀愛。

小丑語帶節奏地說：「每個人心中都有一個特別的人。

「妳的初戀呢？或是第一次認真交往的人、初吻的對象之類的人？任誰心中都有一個難以忘懷的人吧。包含這些對象在內，我希望妳列出交往過的名單，製作成排行榜，然後回答出樋口先生排名第幾順位。」

「你頭腦有問題嗎！」里美大喊。

「胡說八道些什麼？戀愛怎麼有辦法這樣區分！依照時期或狀況的不同，對對方的心情也會有所改變。任誰都會美化過去吧，何來排名之分？誰是第一名、第二名……」

「非得排出名次。」小丑嚴肅地頷首道。

「正如妳所說，想必妳每次戀愛都是全心全意地愛著對方吧。我相信妳總是把當時交往的對象視為最愛。不過，請妳冷靜思考一下，妳總不敢斷言所有交往過的對象都是如此吧。我剛才舉例一百人，但妳並沒有真的跟這麼多人交往，所以這問題絕對不難。」

里美呢喃：「你懂什麼？」此時，她面前的螢幕切換了畫面。

畫面顯示出的是一名穿著體育服的少年，他的衣服前面貼著姓名牌，上頭寫著「一年二班橫山孝則」。

「……為什麼會出現橫山同學的照片？」

橫山孝則是我的國小同學，因為家住附近，所以我們不只一起上下學，每天還一起玩耍，他把他心愛的光滑圓石送給我，要我當他的新娘。

下一張照片覆蓋其上，是一名穿著西裝外套的國中生。他是秋山英次，大我一屆，是我第一次春心萌動暗戀的男生。

照片一張又一張地往上覆蓋。初吻對象、國中三年級時的同班同學中澤俊幸、高中時交往過的四名男子。

以及大學時代，甚至還看見進入永和商事後認識的秘書課課長東山的臉孔，我曾跟他談過短暫的婚外情。

「我並沒有全部列舉出來。」小丑現身螢幕。「妳應該迷過偶像吧？我認為那也是戀愛的一種形式。像妳這樣的美女，也有無法實現的戀情吧？請回答樋口先生在其中排名第幾，這樣妳了解這題在問什麼了嗎？」

里美發出細如蚊蚋的聲音說她無法排名。小丑低聲回應：

「恕我雞婆，妳向樋口先生坦承了多少自己的過去？妳對他又了解多少？我想妳最好以此為依據來思考。」

小丑詢問里美是否做好心理準備；里美注視著他，恐懼、不安、混亂，百感交集，不由得眼眶泛淚。

「我明白妳的心情，不過請妳冷靜。」

聽見小丑的聲音後，里美雙手摀住臉龐，什麼都無法思考。

⌛

毅注視著螢幕，嘀咕道：「這是怎麼回事？」

十一名女性的照片以幻燈片的形式播放出來，全是自己以前曾交往過的女性。

看見螢幕最初顯示出的少女臉孔的瞬間，毅心亂如麻、不明所以。因為自己國一時交往的第一任女友，同班同學川井美月男孩子氣的笑容就呈現在眼前。

我是一年級的五月或六月與她交往的，當時我只有十二歲，已經過了將近二十年，為何會出現這種照片？

不只如此，還有我國中、高中、大學時交往過的女友照片。最令人不解的是，其中竟然有我高中二年級時只交往數個月的屋代加代子。

加代子是大毅四歲的女大生，來他的高中當實習老師。端整的容貌，加上散發出女高中生不可比擬的成熟氣息，令整個學校的男生為之瘋狂。

她來學校實習約一個月，這段期間有幾名男學生向加代子告白，但全都以失敗告終。

毅也對加代子懷抱著類似憧憬的心情，但實在覺得她高不可攀，便不敢靠近。不知是否反而因此在她心中留下好印象，實習結束當天，加代子叫他過去，給了他一張寫有電子信箱的紙條，兩人便在半個月後開始交往。

加代子說若是實習老師與學生交往的事情曝光的話會引發問題，毅也能理解她的立場。一個弄不好，可能連老師都當不成了。

毅對秘密交往這種情況也感到很刺激，所以真的沒有告訴任何人。

然而，為何會出現加代子的照片？

自己曾把交往中的女友介紹給朋友認識，或是邀請到家中，可唯獨加代子的事他守口如瓶。

他們究竟是怎麼查到的？這是只有雙方本人才知道的事實。

「像你這樣的男人，肯定很受女性歡迎吧。」小丑出聲說道。
「交往的對象也都是美女，說得老派一點，就是瑪丹娜呢。真是令人羨慕不已啊。」
毅發出沙啞的聲音質問小丑在玩什麼把戲；小丑不予理會，表明自己並未否定他的行為。
「善用自己英俊的外表和與生俱來的領袖氣質與不少女性戀愛，這一點沒有任何問題。只是交往期間多少有些重疊，在道德方面實在欠妥，這一點就算你年少不懂事吧……不過，這次的問題主要是回答樋口里美小姐，也就是你的太太在你心中排名第幾順位。」
豈有此理，毅嘆了一大口氣。
「又不是音樂榜，竟然要我列出前十名排行榜，選出第一名嗎？最好做得到啦。」
小丑點頭稱是。
「不過，這是默契遊戲。擁有何種戀愛觀是你個人的自由，但在這裡，你必須回答排名。」
「我可是跟里美結婚了喔！」毅大喊。
「我從未思考過排名問題，既然你要我遵從規則，我也只好照做。里美在我的排行榜中排名第一，否則我怎麼會跟她結婚，這不是廢話嗎！」

「是嗎？」小丑拄著臉頰說。

「因為結婚了所以排第一，這樣的想法不會太膚淺嗎？我只是假設喔，假如國小時的初戀情人是你最愛的女性，可是法律上並不允許國小生結婚，而且也只會受到周圍的大人嘲笑罷了。另外還會遇到各種情況，並不會因為結了婚就成為此生最愛。大多數的人反而會基於年齡、環境、經濟層面、與周圍的關係這些理由而決定結婚，想必你應該能理解吧。」

「怎樣你都有話說！」毅拍桌怒吼。

「因為結了婚，所以排第一；因為排第一，所以結了婚，這兩句話都沒有錯，對吧？我從未有過排名的念頭，也沒辦法排名。不過，現在只能遵循你的規定吧？那我就回答里美排第一！」

螢幕分割成四等分，分別顯示出不同女性的身影。

「你曾向這四名女性說出帶有結婚意味的話。我先聲明，我並不是在責備你。任誰都有過順應當時的氣氛而說出這種話的經驗吧。」

毅按住額頭，表明自己並非開玩笑才說出那種話。頭部中心開始隱隱作痛。

「我的確是受氣氛所感染，但是並沒有惡意，只是認為這麼說能討對方開心……」

小丑以不帶感情的聲音說：「我們結婚吧、我愛妳至死不渝、一起生活吧、我眼裡只有妳。」

「即使不用結婚這個詞彙，你也應該說過這類帶有暗示性的話。你對里美小姐又是如何？你對她有多認真呢？」

毅發出呻吟，問道：「告訴我，你為什麼會知道我的過去……我的秘密？」

小丑噤口不語。毅趴在桌上，大喊：「到底是怎麼回事！」

⌛

里美思忖著是否該要求討論。

開始交往時，自己和毅曾談論彼此的過去。他的初戀情人是國中同學，還得意洋洋地炫耀對方答應了他的告白。

自己則提起初戀對方是國小的同班同學橫山，此言並無虛假，自己當時的確喜歡橫山同學，對方亦然。

不過，國小一年級之間的喜歡並非男女之情。之所以提起橫山同學的事，只是打算博君一笑而已。

自己也沒有全盤托出昔日的戀情，這不是在說謊，而是明白打開天窗說亮話對雙方都沒有好處。

毅也是如此，宣稱自己每一任都交往很久，自國中初戀到大學畢業為止，交往過五任女友。進入永和商事工作後交往過兩人，都不是公司職員。但我早知道他是在睜眼說瞎話。

進入公司後，無意間聽說毅和公司的三名女職員交往過。不過，我並未質問他。

雖然想知道對方是誰，但那不過是一種形式，我並不想聽那些會讓自己受傷的事。

毅在兩人交往不久後，便開始有意無意地暗示起結婚的事。由於自己本來就有結婚的打算，考慮到彼此的年齡，以結婚為前提交往是理所當然的吧。

雖然有幾道阻礙擋在面前，但不難跨越。他向我求婚後，我們步上紅毯結為連理，成了一對幸福的新婚夫妻。

然而，正如小丑所說，一旦論起排名，可就沒那麼簡單了。決定結婚並不代表他排名第一，戀愛跟結婚是兩回事。

我當然愛毅，毅也愛我。

不過，若是問我他是否為我一生最愛，我自己也無法斷言。

里美停下伸向討論按鈕的手。別想得那麼困難。

我選擇了他做為自己的結婚對象。明知彼此有難言之隱，依然做出了選擇。

決定結婚時，他就是自己的真命天子。雖然不曾思考過排名問題，但毅是唯一值得我託付終生的人。

代表他是我一生中的最愛，根本無須討論。

里美嘆了一大口氣。即使如此，我心中依然有難以忘懷的人。

⌛

毅呢喃著答案已定，這算是一種陷阱題。

忘記是和里美交往後不久，還是即將交往前，自己曾和她聊過昔日的戀情。

若是十幾歲的青少年倒也就罷了，我們兩人都是成年人了。既未直言不諱，也沒有老實地全盤托出，而是適當地包裹著糖衣，委婉地道出自己的過去。

老實說，就連我自己也數不清到底交往過幾個女人。若把一夜情也算進去，和自己有過肉體關係的對象有二十多人，但並非每個人都有投入感情。

以結果而言，和自己結婚的里美才是我最愛的女性。若要以第一名來形容的話，那就只好如此囉。

正確的排名只有本人才知道。搞不好，自己在里美心中只排第二。在自己心中，里美也未必排第一。排名第幾，雙方自有定奪。

所謂的陷阱題，就是這種意思。小丑以及他背後的傢伙們，想要破壞我們兩人的關係。

讓我們思考、迷惘、吐露出自己搖擺不定的真心話，就是他們的目的吧。

我可不會上當。毅在寫字板上寫下「第一」。

你們再怎麼做也是徒勞無功，我可不會中你們所設下的圈套。

不過，里美就不得而知了。

這個問題不能想得太多。愈是思考，愈會正中對方的下懷。

若是凝視自己的內心深處，列出前男友排行榜的話，便會鑽牛角尖，陷入死胡同。只要冷靜思考狀況，答案只有排名第一。

唯獨這個問題，小丑加了各式各樣的說明，還展示昔日交往對象的照片，就是為了誤導我們。

不知里美是否有看穿這一點？自己該不該要求討論，告訴她小丑那群人真正的目的呢？

只能相信她了。毅如此心想，收回伸向白色按鈕的手。如果這次要求討論，就用掉最後一次機會了。壓箱寶應該要留到最後才是。

毅注視螢幕，嘴裡低喃著真是不明白。為何他們會知道我交往過的女性？

比如初戀情人川井美月，全班都知道我們在交往。至少有數十人知曉我們的關係，調查起來並不難。

可是，竟然連不為人知的地下情都查得到，到底是怎麼辦到的？

難不成……

因為我決定跟里美結婚而成為了他們的目標嗎？

不可能。毅用力搖頭否定。若是有人反對我們結婚，因而調查我過去的女性關係，打算勸告里美我並非合適的結婚人選，事情還說得通；但實際上我們不僅已登記結婚，還舉辦了結婚典禮。事到如今做這種事，根本毫無意義。

不過，螢幕上顯示出來的並非我交往過的所有女人。有一個對象絕對不能曝光，他們似乎也無法調查得如此徹底。

那女人的事，絕對不能告訴任何人。要是被發現，我這輩子就毀了。

毅望向螢幕，剩下時間不到四分鐘。

⌛

里美在寫字板上寫下「第二」，一邊嘆息。

雖然心煩意亂，但依然明白只能回答排名第一。毅肯定也寫了同樣的答案，自己有十足的把握一定會答對。

她呢喃道：「還剩三題。」這題肯定能答對，實質上只剩兩題。而討論機會還剩一次，有可能通過默契遊戲。

不過，內心閃過一抹不安。如果順利答對剩下的題目，小丑他們真的會放我們走嗎？

毅，救救我。我好害怕。不知該如何是好。

⌛

小丑的臉部特寫填滿整個螢幕，宣告時間到。

「怎麼樣呀，答案寫完了吧？這問題絕對不難。只要相信彼此的愛，便能輕而易舉地答對——」

「我已經聽膩了你的長篇大論！」毅怒吼。

「答案我寫好了，快點進行這無聊的遊戲吧！」

小丑臉上浮現微笑，請兩人將寫字板面向螢幕。

兩人不約而同地舉起寫字板後，小丑隨即宣布答對，吹奏樂曲同時應聲響起。

「『第一』、『第一』，哇喔，答案一字不差。不愧是彼此相愛的情侶，就是不一樣。答案如此一致，我看了心情也很舒暢。」

「誰管你心情舒不舒暢啊！」毅將寫字板扔向螢幕，吶喊著。

「下一題是什麼？我可沒耐心陪你一直開這種惡劣的玩笑，我想趕快結束！」

「真巧，我也這麼想呢。」不過，在那之前，小丑張開雙手如此說道。「先讓我為這次成功答對的兩位送上一點小獎勵，就當作是我個人贈送的禮物。開空調，你們覺得如何？」

毅擦拭額頭冒出的汗水，小丑總算說出一次正經話了。

「就這麼做吧。我一直覺得這裡好熱，頭腦昏昏沉沉的。」

小丑點頭稱是，因為沒有窗戶嘛。

「非常抱歉。因為外面氣溫約三十度左右，我原本以為不需要開空調……既然如此，那就開吧。」

上方發出輕微的聲響，隨後冷氣流瀉而下。沉積的醋酸擴散開來。

「這是我個人獻給兩位的禮物。另外，默契遊戲也有獎品贈送你們。與其說是獎品，應該說是提示吧。」

「提示？」

毅感覺小丑的口吻中潛藏著某種陰鬱的情緒。小丑說：「在出剩下的兩道問題前，先讓兩位看看能成為提示的東西吧。

「不過，兩位可能會因此感到悲傷難過。只要由衷地信任彼此，或許根本不需要什麼提示。只要互信互愛，一定能答對。那便是默契遊戲的真諦。至於是否要看提示，就交由兩位各自決定。」

「你說會感到悲傷難過，是什麼意思？」

面對毅的質疑，小丑輕聲回答：「真相有時會傷人。」

「不過，藉由跨越此次難關，培育真實的愛，加深夫妻之情，也是人生的一段歷程啊。考慮得如何？是否要看提示呢？」

毅舉起一隻手，要求小丑稍等一下。小丑的聲音帶有某種蓄意的念頭。難道是陷阱嗎？

「我再三強調，選擇權在你。如果決定要看，直說無妨。若是拒絕，也算是有先見之明。畢竟得知真相，對誰都不好受。」

「你打算讓我看什麼？」

「恕我無法透露。另外，如果要使用第三次討論機會，之前是給予三十秒的時間，這次則延長到三分鐘。畢竟是最後一次討論嘛，不給予這種程度的優待，怎麼說得過去呢。」

「你有告知里美同樣的事嗎？」

「那當然。」小丑大幅度地點頭。

「我已經告知她了，不過尚未得到她的答覆。」

「你只要告訴我一件事就好。你要給我看的提示，跟要給里美看的不一樣嗎？」

真是個談判專家呢，小丑一臉欽佩地搖頭說道。

「一旦成為一流企業優秀的商務人士，字典裡就沒有放棄這兩個字嗎？你這種不到最後不輕言放棄的態度，令我佩服得五體投地。」

「你打算讓我和里美看不同的東西吧？」

小丑坦然承認。

「兩位所看的提示各不相同。不過，只要雙方協議，之後可以互看對方的提示。這一點請在看完各自的提示後再慎重考慮，這樣你理解了嗎？那麼，我再重新詢問一次。樋口先生，你要看提示嗎？」

毅按住額頭，要求小丑稍等。

「讓我考慮一下，沒關係吧？」

「是你自己說想要快點結束遊戲的。」小丑臉上浮現嘲諷的笑容道。

「好吧，請考慮。我等你回覆。」

螢幕切換，畫面一片空白。

⌛

里美嘟囔道：「小丑想讓我看些什麼？」

最先浮現腦海的，是自己的裸照。大學時期僅交往數個月的男友港，曾拍下我的裸體。

為什麼事情會演變成那種地步，我至今仍然一頭霧水。明明沒有喝醉，卻不由自主地脫起衣服讓他拍攝，大概是想尋求刺激吧。

港是大我一屆的學長，人不壞。分手時我希望他將手機裡存的我的照片全數刪除，他便在我眼前刪掉了。想必他也只是拍好玩的吧。

那已是八年前的陳年舊事了，自己也親眼確認他把照片刪除，就算他把圖檔匯入電腦，也不曾濫用或故意在網路上散布裸照以示報復。倘若真有此事，即便我沒察覺，朋友應該也會發現吧。

那麼，會是什麼呢？小丑團夥長時間監視我們的行動，其間理應也進行了偷拍和竊聽。

也許會冒出我跟男人約會、在路上或電車接吻的照片或影片，就像八卦週刊那樣，這點小事根本難不倒他們。

不過，里美暗忖，雖說不算年輕氣盛，但這種程度的事，任誰都有經驗吧。

事實上，自己也曾和毅在外頭接吻過幾次。用餐的餐廳、計程車內、下班搭乘的電梯中。

毅若是看見我和前男友們接吻的照片，肯定不會有好臉色。

我自己也一樣，如果看見毅和其他女人挽著手臂走路或談笑風生的照片，肯定會一肚子火。

即使如此，最好還是看一下針對剩下兩個問題所安排的提示。

就算再怎麼厭惡，如果那是逃離這裡必要的條件，就應該選擇觀看。可是，倘若那是對我而言致命性的某種東西的話，又該如何？

好比東山。假如被偷拍到和他在一起的畫面，便百口莫辯。完全無法想像毅會有多傷心、多憤怒。

如此一來，絕對不能讓毅知道。否則就算離開這裡，我也沒戲唱了。

為什麼？里美雙手覆蓋臉龐心想，自己為何要和那種男人上床？

又為何至今仍無法忘懷？

⌛

經過約五分鐘，再次現身螢幕的小丑開口詢問兩人的意願。

「在第九題出題前，兩位是否要觀看提示？順帶一提，這也會成為最後第十題的提示。不過，可能會令你們舉棋不定、難以判斷。總之，選擇權在你手中。」

「不看提示就沒辦法答對嗎？」

面對毅的提問，小丑回答：「這就難說了。」

「你剛才不是說，看了提示有可能會影響我們判斷嗎！」毅猛然指向螢幕。

「既然如此，看了也沒有任何好處。」

「看來你根本還沒有弄清楚自己的處境。」小丑嘆息道。

「請想想里美小姐。我向你太太做了同樣的說明，目前還不知道她是否會選擇看提示。也許會，也許不會。不過，假如你決定不看，而里美小姐選擇看的話，事情會如何呢？」

毅按壓隱隱作痛的腦袋思考。

「我想……應該會只給其中一方提示吧。」

小丑大大點頭。

「第九題已經開始了。若是只有其中一方得到提示，也就是情報的話，將不利於兩人之後的答題，這一點你明白吧？簡單來說，為了占上風，只能選擇兩人都看或兩人都不看。請考慮這些因素後，再決定如何選擇。」

小丑在緘口閉嘴的前一刻，突然冒出一道細若蚊蚋的聲音。

毅瞪視螢幕，問小丑剛才說了什麼，小丑卻歪了歪頭裝傻不承認。

「那麼，你的決定如何？我和你都想盡早結束這場默契遊戲。再怎麼好玩的遊戲總會玩膩，這就是人性不是嗎？你的思緒也差不多該整理好了吧。是要選擇看提示，還是不看呢？」

「可惡！」毅搔亂髮絲，第六感告訴他不看提示為妙。

那並非以頭腦思考而獲得的結論，而是本能的反應。心裡只湧現一股不祥的預感。

不過，自己也明白里美勢必會選擇觀看提示。想增加情報量是原因之一，不看提示反而會令她感到不安。

毅咬牙切齒暗忖：那就讓我見識見識那所謂的提示吧。

「我就讓你們稱心如意，送佛送到西！反正只有一方觀看提示的確會造成雙方判斷產生分歧，降低答對的機率。那就快點讓我看提示吧。」

小丑說：「你的決定是正確的。

「由於兩位都已得出結論，我便得以向你傳達里美小姐的選擇，剛才她已決定觀看提示。既然如此，想也知道你最好也觀看提示為妙。看完提示後，我將出第九道問題。」

毅探出身子，要求小丑等一下。

「在那之前先告訴我一件事。剛才你沉默不語的瞬間，有人在說話。你否認也沒用，雖然聲音很小，但我確實聽見了。」

小丑望向天花板，聲稱他不記得了。毅怒吼絕不可能。

「我明明聽見一道男聲說了住手。那是什麼意思？要住手什麼？」

小丑從正面凝視毅，表示沒有時間了。

「我也有不知道的事。就算你要我說明，我也恕難從命。那麼，請看螢幕，這就是提示。」

螢幕在毅的眼前切換畫面，毅一時之間還會意不過來上頭顯示的是什麼影像。

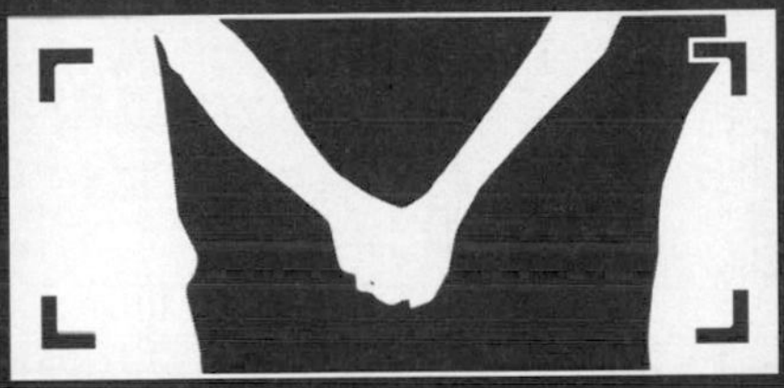

Hint

參考資料

這個場景好眼熟啊。里美低喃道：「是永和商事的小會議室。」

主要是用來開小組會議用的，如果有訪客來訪，也會用來充當會客室。畫面顯示出來的，是毅的身影。

攝影機從正面捕捉毅的臉，透過他背後的窗戶，可看見分公司永和QUBE所在的摩天大樓。

毅獨自一人坐在會議桌上，而非椅子。右手拿著手機抵在耳邊，傳來說話聲：

「……我要結婚了。沒錯，跟里美……沒那麼厲害啦。別調侃我了，才沒那回事啊。該怎麼說呢？她像個孩子一樣。不是啦，我不是指她的身材，是指她的腦袋……身材嘛，也沒有你說得那麼誇張。她的胸部超小的，不知道塞了幾個胸墊……」

影像靜止。里美花了一點時間來理解狀況。

從毅的說話方式，可判斷對方是公司內部的人。大概是其他部門的同期吧？聽說他要結婚，便半祝福半戲弄地打電話給他。

鮮少有人會大大方方地對同期或他人讚美自己的結婚對象，尤其是男人。

算是一種掩飾害羞的行為，如果有人說「真羨慕你抱得美人歸」，會回答「卸妝後根本認不出來是誰」也無可奈何。

「就是說呀，天使臉孔魔鬼身材、個性好、家事做得盡善盡美，又善解人意。」

絕不可能有男人會這麼回答，否則就太愚蠢了。

而女性或多或少也有這種傾向。愈會稱讚自己男友多優秀的女人，往往愈容易分手。

不過，這未免太過分了。說我像個孩子、頭腦愚笨，簡直是莫大的侮辱。甚至還提到身材，竟然說我胸部小，他有病嗎？

無論對方和自己交情有多深，這發言都太缺德了。

畫面切換，這次顯示出毅的側臉。傳來他笑著說「還永和的女神咧」的聲音。

「言過其實了啦。長相或許算得上是女神等級，但她又不是清純派。好像滿愛拈花惹草的。本人說只交過三、四個男朋友，想也知道不可能……H先生嗎？我早就聽說了。不過──」

畫面再次停止，里美閉上雙眼。原來毅早就知道我和東山的事情了。

進入公司時，我被分派到秘書課，當時的課長就是東山。不只工作能幹，對公司內部的消息也瞭如指掌。教導還是菜鳥一枚的我，公司以及社會的規矩。

看起來很有成熟男子的風範。雖然我們相差近二十歲，但我覺得他人很溫柔。

我早就知道他是有婦之夫了。不過，大概是感受到我對他的愛慕之情，年底尾牙結束後，他邀請我和他共度春宵。勾引他的，或許是我。

之後我們仍舊持續了這段婚外情。對東山而言，與董事的外甥女搞外遇，風險應該很高吧。如果被人發現，他的白領生涯將毀於一旦。

對里美而言也是一樣。就職第一年，二十二歲的菜鳥女職員與四十歲的課長幾乎每晚獨處，顯然會在女性的人生留下汙點。

風險與刺激是維持關係的動力與燃料，而東山又與自己過去所交往的男性有著截然不同的性魅力。

雖然缺乏年輕男人共通的活力或類似運動過後的暢快感，卻擁有另一種暗度陳倉的歡愉。

約半年後，雙方自然而然地結束了這段關係。因為打從一開始，我們彼此都心知肚明，這種關係不可能長久。

然而，在那之後，我依然對東山難以忘懷。

並非無時無刻念念不忘，而是不經意地浮上心頭。與毅交往後，依然沒有改變。本以為決定結婚後，終於能逃脫東山的束縛，沒想到毅早已知道這個秘密。

好想吐。已經沒望了，一切都完了。

此時傳來小丑「打擾一下」的聲音。

「樋口先生提議共享彼此的情報，妳意下如何呢？」

「你讓毅看了什麼？」里美大喊。

「他看見我說了什麼、做了什麼嗎？」

「並不是全部。」小丑回答。

「我們也不可能掌握一切。若問我是否無所不知，絕非如此。我只是傳達了一些有關妳的情報罷了——」

「讓我看。」里美強勢地說道。

「到了這個地步，看不看都一樣。既然如此，還是兩個人共享情報比較好。想要過關，就只能這樣了吧？」

小丑彈響手指回答：「那就依妳所言。」螢幕立刻切換畫面。

⌛

毅呢喃：「剛才那是什麼？」螢幕顯示的，是里美跟朋友的聊天群組。

螢幕上的影像已經消失，但他還記得內容。Sammy、田平平、opp、小結，看來是同一個營業部的女職員建立的群組。

Sammy是里美。其他三人是誰我也猜得出來。

「恭喜！」／「祝．結婚」／「太好了呢！」／「Congratulations ☆」

群組裡羅列了好幾句祝福的話，里美回覆「謝謝」。

前後的對話被截斷，無法準確得知，大概是里美向大家報告結婚的消息吧。

三人雖傳送祝福的訊息，但即使撇除所謂的 Girl's Talk，後續的內容實在令人看不下去。

田平平說「作戰成功了呢」，另一個人接話「妳鎖定的男人全都手到擒來呢」，里美回覆「那是當然」，還附上一張比讚的貼圖。

里美抱怨「我費了一番苦心才讓他向我求婚」後，便有人說出「畢竟樋口先生很自戀嘛」、「自以為萬人迷，自視甚高」、「反正最後釣到不就得了」這類不負責任的話。

之後也繼續冒出一連串嘲諷毅、把他當成笑柄的訊息。因為里美與其他三人年齡相仿，說起話來才敢如此直言不諱吧。

四人中最先定下婚事的是里美，因此能理解其他人潛意識嫉妒心作祟的心態，即便並非如此，也不難理解她們想調侃里美的心情。

在這樣的氣氛下，也只好跟著冷嘲熱諷或貶低毅了，總不能淨說些好話。即使傳訊息也必須有限，是現代社會的常識。

話說回來，毅將手指用力緊貼額頭心想。故作年輕，結果還不是個三十幾歲的大叔、硬要裝年輕或是有染白髮這類的話，怎麼想都是壞話吧。

其中說得最露骨的，是里美本人。說什麼他或許戀愛經驗豐富，床技卻差強人意、根本快槍俠等，列舉出一大堆不滿。

女人之間聊天會開黃腔也在所難免，但沒必要把自己的未婚夫說得如此不堪吧。即便是開玩笑也未免太狠毒了。

面對「他看起來會劈腿」的提問，里美回答「搞不好我會先出軌」，於是便冒出一連串的微笑貼圖。之後的聊天紀錄沒有截出來，但想必是更惡毒的內容吧。

我不認為那全是發自內心的對話，應該含有故意誇大或加油添醋的成分存在。不過，也能看出背後蘊藏著幾分真心話。里美到底把我當成了什麼？

你無須在意，小丑的聲音從天而降。

「這麼說或許有些不妥，但里美小姐成為了人生勝利者。只要是人，難免會得意忘形。最近的年輕人很注重現場的氣氛。面對朋友的調侃，以毒攻毒自我解嘲也是迫不得已的事吧……好了，姑且不論這件事，剛才的 LINE 影像會成為第九題的重大提示。另外，請問你是否也要觀看里美小姐方才看過的影像呢？同時，里美小姐也可能要求觀看剛才的 LINE 影像——」

「我要看。」毅半自暴自棄地怒吼著。

「你們偷拍了我和其他男人一邊喝酒，一邊談論里美的畫面嗎？肯定是那種影片吧？」

只見小丑沉默不語，只是勾起嘴角冷笑。毅說：「我也會跟別人聊到里美好嗎。

「她以前當過校花，有人會對我說三道四。不過，即使在酒席上我也不曾那樣口無遮攔。我自認為清楚對女性哪些話能說，哪些話不能說。」

小丑張大嘴巴說道：「沒想到你會說出這種話，真教人吃驚。

「是指自己有良知和分寸嗎？當然，我認為你說得沒錯。不過，即便是這樣的你，應該也有過一段不為人知的往事吧……哎呀，不好意思，我似乎有些多嘴了。由於雙方都同意共享彼此的情報，所以請看螢幕。」

畫面切換，顯示在上頭的，是毅本人在小會議室裡講電話的影像。

⌛

等一下，里美不禁摀嘴心想。這個 LINE 的截圖是怎麼回事？究竟是誰外洩出去的？

自己加入了幾個職場和私人的聊天群組。螢幕上播放的，是營業部第一課到第三課同世代的女職員建立的聊天群組。

Sammy是我，田平平是平田悅子，opp是以E罩杯為傲的野田葵，而小結則是原山結花。

公司內部另有秘書課職員，以及幾名較熟的同期建立的聊天群組，但最近我幾乎都沒有參與聊天。

部門不同的話，對職場的不滿和人際關係的抱怨很難引起共鳴。因此我大多會在同一個營業部的同事聊天群組中發言。

聊一些無聊的廢話、發一點小牢騷、分享商店或餐廳的資訊，以及男性關係。

聊的多半都是這些內容，但偶爾也會破例。

畢竟我是群組中最先定下婚事，而且未婚夫還是公司期待的明日之星樋口毅，我早已做好心理準備會受到酸言酸語、半開玩笑地表示嫉妒之情了。

和毅結婚，就等於比她們高人一等的意思。其他三人也有自知之明，才會認為此時不一吐為快，更待何時吧。

我並沒有誇耀自己的地位高人一等的意思，態度低調和大家自然來往比較輕鬆，也不想當什麼老大。

所以才刻意以低姿態傳送報告結婚的訊息。若不當作笑話來看，勢必會影響日後的關係。

只是卻因此傷害了毅，這並非里美的本意，她並沒有這個打算。

實際上，之後里美傳了訊息為毅美言幾句，寫說自己會先出軌也只是開玩笑，後來也打字重申自己能跟他結婚感到非常幸福。

起初的自我解嘲，應該充分傳達出自己對毅的情意，三人也再次獻上祝福。

「這是什麼！」里美抬起頭吶喊。

「只憑你們的一己之私斷章取義、擅自修改！被別人在背後說閒話當然會不開心，毅看見這些截圖肯定會生氣。明知如此，你們還刻意給他看嗎？」

「怎麼能說我們修改呢？」小丑伸出食指搔了搔頭說。

「我們得到的 LINE 聊天截圖就只有這些部分……並非企圖想破壞樋口先生對妳的印象。終究只是作為情報之一——」

我要跟他說話。里美如此說道，按下討論的白色按鈕。

「我要立刻向他說明，解開誤會。我並沒有那種意思，這只是女人之間開的小玩笑……」

「我會傳達妳要求討論的事。」小丑說。

「不過，我要給妳一個忠告。第九題尚未出題，而兩位只剩下一次討論機會。與其現在一時衝動和樋口先生通話，不如在第九題出題後再通話比較好吧？」

里美再次按下按鈕，表明自己必須在出題前就解釋清楚才行。

「這樣下去，我們兩顆心會漸行漸遠。是你說沒有信賴關係就無法答對的！」

「好吧。」小丑點頭答應。

「不過，如果雙方意見分歧，討論便無法成立。我會如實轉達妳剛才所說的話，但樋口先生依然有可能拒絕。到時我會再次……」

里美雙手合十，要求小丑把以下的這段話轉達給毅。

「我比任何人都愛你、相信你。就算有誤會，只要彼此好好溝通，一定能冰釋前嫌……」

小丑畢恭畢敬地低下頭表示了解。就在這時，里美清清楚楚地聽見其他男人喊了一聲「喂」的聲音。

⌛

「里美小姐要求討論。」小丑以不帶感情的聲音說道。

「目前兩人已共享彼此的情報。正如我之前所說的，這會成為第九題與第十題的重要提示。在此前提下，里美小姐希望與你討論。」

她要跟我討論什麼？毅擦拭沿著後頸流下的汗水如此說道。明明開了空調，不知為何卻汗水直流。連流的是冷汗還是黏汗都分不清。

「考慮得如何？是否要答應討論？」

「只能答應了吧。」毅有氣無力地回答。「這樣下去，兩人必須在懷疑彼此的狀態下回答剩下的兩道問題，怎麼可能答對。為了通過默契遊戲，應該趁現在互相溝通，把話說開吧。」

「有兩個詞彙叫戰術與戰略。」小丑說。

「你剛才是以戰術的角度說出那番話。不過，你是否應該再放寬一下視野？第九題尚未出題，根據問題的內容，或許能無關誤會與分歧而答案一致也說不定喲。」

「你到底要我怎樣！」

小丑探出身子說道：「至少等第九題出完後再討論吧。

「這樣也不遲，這道理冷靜思考過後就能明白。我能理解兩位目前心亂如麻，一心只想解開誤會的這種心情。」

此時，一張摺起的紙飛到小丑面前。小丑打開紙張後，微微點頭，低頭說自己多嘴了。

「在默契遊戲中，一切以答題者的意志為優先。既然兩位希望討論，我沒有阻止你們的權限。里美小姐已經按下按鈕，接下來端看你如何決定。」

請慎重考慮。小丑說完後便沉默不語。該如何是好，毅抱頭沉思。

只剩最後一次討論機會了，而問題還剩兩題。

自己隨時都可以行使討論的權利，用膝蓋想也知道等出完最後一題再討論比較有利。

不過，我們已經答錯兩次，答錯第三次遊戲便立刻結束。到時候，實在難以預料他們打算對我們做些什麼。

毅心中只有不祥的預感，幾乎可說是深信不疑。

如今兩人心中只充滿著對彼此的不信任與等量的藉口。自己十分清楚里美想解開誤會，重拾信賴關係。因為自己也是同樣的想法。

問題在於，是否該選擇現在這個時間點把話說開。

目前的情況已經不容許兩人再答錯。倘若第九題是有關兩人的信賴問題，結果會是如何？

即使出題後再討論，一切聽起來都只是藉口或是謊言吧。如此一來還能答對嗎？

既然如此，是否該現在討論？

不能答錯的壓力如排山倒海般襲來，壓得他喘不過氣。

里美之所以要求討論，就是因為敗給了壓力，想透過對話稍微減輕壓力。這一點自己也一樣。

討論是有好處的。只要彼此溝通，把話說開，答對第九題並不難。

雖然小丑說是提示，但在得知彼此的情報後，只要說明那些證據遭到恣意編輯修改，誤會就能解開。

可是，第十題出題後，便失去討論這張王牌。玩遊戲占上風的鐵則，就是把撤手鐗留到最後。

毅用理性的力量阻止自己差點伸向白色按鈕的手。小丑的建議是對的，應該等第九道題目出完後再討論。

如此一來，便能提高應付最後一題的機率。

「出第九題吧！」毅伸回手，面對螢幕吶喊。

「等看完問題後，我再決定是否要討論。告訴里美，剛才的影片是我在跟同期的職員講電話。那不過在開無聊的玩笑，傻子才會炫耀自己的女朋友——」

小丑輕輕搖頭，重申自己只是司儀。

「我的職責是將遊戲順利地進行下去，除此以外並非我的職責所在。我能幫你傳達最起碼的訊息，但你剛才所說的那番話，必須親自告訴里美小姐。討論的功用就是為此所設。」

「至少幫我告訴她一定要相信我，這樣總可以吧？」

小丑表明那並非他的工作。

「不過，既然你都這麼說了，我就告訴里美小姐你決定在第九題出題後再考慮是否要討論吧。她是個聰明的女人，應該理解這句話代表什麼意義。我想她會同意你的提議。」

「默契遊戲的司儀是你。」毅兇狠地指向螢幕。「但有人在背後指使你，他們人在哪裡？」

毅用力拍打桌面，對半張開嘴的小丑說：「你是司儀的話，他們就是編導！

「是剛才扔紙片給你的傢伙嗎？你之前說只有兩人一起觀看或不看能成為提示的情報，才能在遊戲中占上風。當時有人告誡你不行，所以你才回答說你多嘴了對吧。這到底是怎麼回事？」

小丑聳聳肩，一臉無可奉告。毅從椅子上站起來，靠近螢幕坦承自己考慮把他當成友軍。

「默契遊戲開始後，你雖然喋喋不休，還是提供了不少對我們有利的情報。我不知道理由，但你是站在我們這一邊的吧？拜託你幫助我們，要怎麼做才能離開這裡？」

小丑再次重申自己不過是個司儀。

「我並非誰的同伴，我的工作是公平公正地掌控默契遊戲。你要解讀成我提供你們有利的情報是你的自由，但我並沒有那樣的意圖。司儀如果做出那種事的話，遊戲便無法成立。」

毅撫上覆蓋螢幕的玻璃說：「你再怎麼否定都沒用。」

小丑沒有回答。只是請毅返回座位。

「剛才里美小姐做出了答覆。她打算如你所說，等第九題出題後再考慮是否要進行討論。我認為她的判斷十分冷靜且正確。」

毅喝了一口擱在地板上的寶特瓶裡的礦泉水。

「那就這樣吧，快出第九題，根據出題內容我們可能會保留討論的機會。無論如何，都得等看過題目再說。」

小丑點頭，表示毅的判斷很明智。

「為了獲勝，必須忍耐。那麼，接下來公開第九題的題目。請看螢幕。」

小丑的身影消失，毅凝視螢幕的眼眸映出一行文字。

「在決定結婚後，你曾出軌過嗎？」

毅唾棄道：「蠢不蠢啊？」沒見過如此無聊的問題。這句話可以視為求婚後是否有出軌的意思。嚴格來說，或許也可指是正式訂婚後，總之都一樣。

默契遊戲的第四題是「我曾經劈腿過」，回答是或否的是非題。不過，雖說是是非題，仍有解釋的餘地。小丑說明那題問的是在與里美交往的期間，但也能想成昔日是否曾劈腿過。因此的確會令人感到迷惘。

但是，這道第九題附上的條件是「決定結婚後」，無論事實如何都無所謂，答案是否。

就算自己或里美在決定結婚後曾經出軌，也不可能承認。這道問題沒有解釋的餘地。

只要在寫字板上寫下「否」或「沒有」就行了，小丑他們難道不明白這一點嗎？

我老早就知道里美在定下婚約後曾和前男友見面，但我沒有責備她的意思。因為我自己也和其他女人藕斷絲連，結婚典禮在即，新郎和新娘免不了一時鬼迷心竅。

里美可能發現了自己與奈奈的關係，但我和她純屬肉體關係，雖然不值得原諒，但那是結婚之前的事了，只要我不承認，就等於沒這回事。
不過，我還跟另一個女人出軌過，唯獨她的事情，絕對不能曝光。
我們只發生過一次關係，而且是酒後亂性。事後便走出賓館，各走各路。不過，有個問題不是拍拍屁股就能走人。
里美知道那個女人的存在嗎？她沒有表現出知道的樣子，但也有可能是佯裝不知罷了。
考慮到對方的身分，我所做的事在道德和法律上都難以寬恕。
只要洩露一句，我的人生便天崩地裂。所以，絕對得三緘其口。不能在寫字板上寫下肯定的答案。媽的。可惡可惡可惡可惡。
我為什麼要做出那種事啊！毅雙手抱住思緒混亂的頭。

⌛

里美凝視著螢幕心想：只能否認了。

「在決定結婚後，你曾出軌過嗎？」

面對這種問題，怎麼可能會有人回答肯定的答案，因為默契遊戲的正確解答與事實並不相干。

只看兩人的回答是否一致，就算其中一方曾經出軌，也沒必要自尋煩惱。該煩惱的另有其事。必須盡早與毅交談才行。

出第八題時，小丑稱之為提示所播放的影像在腦海裡揮之不去。他們竄改了我LINE群組的聊天內容，故意刪除前後文對話。毅看見那些聊天內容，當然會誤會。

小丑他們的目的只有一個，就是在自己和毅之間埋下不信任的種子。這樣下去，會正中小丑他們的下懷。為了避免此事發生，只能彼此溝通，解開誤會了。

毅拒絕和我討論，想必是認為應該等第九題出題後再討論吧。

冷靜思考過後，他的想法是對的。問題還剩兩題，卻只剩一次討論機會。無論最後一題是什麼，兩人確實應該在前一刻達到共識。

里美望向螢幕，剩下時間不到十二分鐘。她拿起寫字板，寫下自己不可能出軌。

與里美訂婚，下聘完一個月後，我和大學社團的朋友們聚會。

由於事先已向他們報告自己決定結婚一事，除了慶祝我結婚以外，也有舉辦告別單身派對之意。

一群男人無拘無束、盡情狂歡個一晚也無妨吧。

星期五晚上，所有人都喝得醉醺醺。反正全是男人，沒什麼好顧慮的。

大夥兒到第二間酒館續攤後，接著去KTV唱歌兩小時，其間有人提議去夜店找樂子。

大學時我一星期會去個一、兩次，出社會後就沒有機會上夜店了。當時我們沉浸在感傷懷舊的氣氛中。

也感慨曾身為社團社長的我一旦結了婚，青春便更是一去不復返了。

所以，大家一起到以前常光顧的六本木夜店，隨著音樂搖擺身體。有人向三名女大學生搭訕，邀她們一起喝酒。

到目前為止還有印象，之後的事便記不清了。回過神後，自己便與一名頭髮微微挑染成褐色的長髮女子單獨相處。

接下來只能順勢發展了，對方全身上下散發出性感的氣息，長相也符合我的喜好。離開夜店後，我們兩人便走進一間位於芋洗坂的賓館，發生了關係。

我內心雖湧現對里美的罪惡感，但同時也有種以後再也沒有機會做這種事的心情。在永和商事工作的白領菁英，與夜店搭訕來的女大生上床這種事，婚後便無福消受了。

我並非試圖正當化自己的行為，只是每個男人都有過類似的情感吧。認為今天是最後的機會了。

凌晨一點過後，女人說她要回家。我說留下來過夜不就好了，她卻笑著回答說沒辦法，並走向浴室。

她的笑容引人懷疑，我便翻找她的包包，搜出她的學生證。上頭寫著澀谷聖惠女子學院二年A班，川合秋江。

得知她是高中生的瞬間，我感覺胃部一陣絞痛。高中二年級的她，生日在十二月，當時才十六歲。我所做的行為，無疑是觸犯妨害性自主罪。

即使辯解本人宣稱自己是二十歲的女大生，而且怎麼看都已成年，也行不通吧，肯定會受到社會制裁。光是想像，便膽戰心驚。

最糟糕的是，我把自己叫樋口毅，是永和商事的職員這件事告訴了她。要是她把我的事告訴她父母，一切都完了。

但我知道這樣的機率幾乎為零，因為女高中生上夜店這件事本身被父母或學校知道的話，問題就大了。

況且，秋江的性經驗應該非常豐富，對性事熟稔到不像是名媛學校聖惠女子學院的學生。因此雙方都只能將這件事埋藏在心底了吧。

之後，我雖然不曾再與秋江碰面，內心深處卻留下了一個小疙瘩。

其他女人倒也就罷了，唯獨秋江這件事絕不能讓任何人知道。

思考到這裡，毅察覺到一件事。小丑以及他背後的傢伙一直在監視自己的行動。竊聽、偷拍自然不用說，想必也跟蹤過自己吧。自己在哪裡做過什麼事，他們全都瞭如指掌。

要是他們把我和秋江的事告訴里美的話，後果會如何？

「剩下三分鐘。」

小丑發出高亢的聲音提醒，螢幕上的數字不停地在變化。

螢幕上的小丑聲音開朗地宣告時間到。

「怎麼樣?寫好答案了嗎?請蓋起寫字板,注意螢幕。」

里美舉起單手,要求小丑稍等一下。

「如果這題答錯的話會怎麼樣?」

小丑回答遊戲將就此結束。里美搖搖頭,不是這個意思。

「我指的是遊戲結束會怎麼樣?」

小丑畢恭畢敬地行過一禮,表明一切就此終止。

「只剩下懲罰在等著兩位。懲罰很簡單,因此不須特別說明。如果真的要給妳一個建議的話,我會奉勸妳最好不要有這種負面的想法。」

「負面?」

小丑微笑說只要思考贏得遊戲的事情就好。

「若是心裡想著如果輸了怎麼辦,通常會招致不好的結果。」

小丑張開雙手:「那麼請兩位公布答案吧。」於是,里美慢慢將寫字板面向螢幕。

隨著播放一段庸俗的吹奏樂曲,響起小丑「答得漂亮」的聲音。

「太美妙了，表示兩人決定結婚後，都沒有出軌吧。這是理所當然的事，既然彼此堅定地許下結婚的諾言，即便尚未舉辦結婚典禮也等同於已是夫妻，跟其他異性發生關係有違道德。但令人感嘆的是，如今這個世道的現實是——」

里美將寫字板扔向地板，拜託小丑閉嘴。

「這下子第九題就問完了吧？問題只剩一題，只要答對就能離開這裡了，對吧？」

沒錯，小丑大大地點頭。

「當然，豪華獎品還有兩人加起來兩千萬圓的獎金也全歸你們。我由衷地希望兩位一定要答對最後一題。」

里美按下白色按鈕：「在那之前，我要先跟毅討論。」小丑再次點頭，表示里美做出明智的判斷。

「第十題出題後，依然能行使討論的權利，不過一旦發現兩位在討論具體的回答，我們便會更改題目。」這是默契遊戲理所當然的遊戲規則，小丑接著說道：「因此，現在是討論的最佳時機。換句話說，算是最終的作戰會議。看來樋口先生也明白這一點，剛才已申請討論。」

里美輕輕鬆了一口氣；小丑乾咳了一下，表示說明完畢。

「最後的討論時間有三分鐘。之前都只有三十秒，這次特別大放送，給你們六倍的時間，夠有誠意了吧。」

三分鐘，里美望向螢幕說道。有三分鐘的時間，應該足以傳達彼此擁有的情報，達成共識才對。

自己得保持冷靜才行，里美用力咬緊臼齒暗忖。千萬不能感情用事，不能浪費一分一秒。

必須在三分鐘，一百八十秒內討論完畢，通過最後一題。除此之外，別無他法。

小丑詢問是否可以開始進入討論時間。

「還是需要時間整理思緒？我無法等待太久，若是幾分鐘，還在容許範圍。」

當小丑說完「樋口先生已做好準備」時，螢幕立刻分割成兩半，右邊顯示出毅的臉龐。他的表情僵硬，眼神卻堅定不移。

里美說：「兩分鐘。」

「告訴他兩分鐘後開始討論。」

小丑回答「了解」後，螢幕便浮現 2:00 的數字。

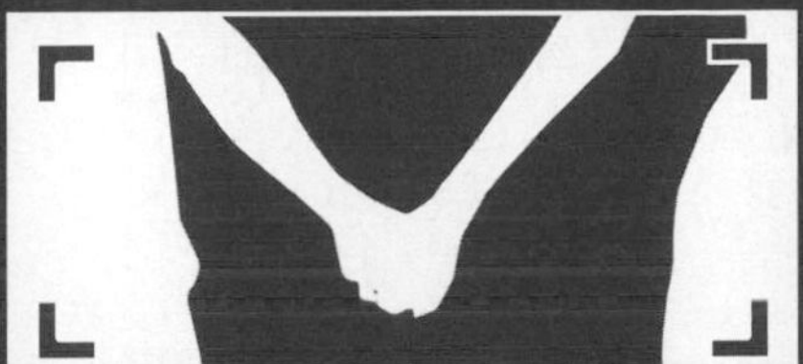

Last discussion

最後討論

警示音響起，螢幕映照出小丑的臉部特寫。

「討論時間將在三十秒後開始，這次會打開螢幕鏡頭，兩位能看著彼此的臉龐對話。時間是三分鐘，準備好了嗎？那麼，開始討論！」

螢幕切換畫面，顯示出里美的上半身。畫面右上角出現小小的數字，02:59。

「里美，妳還好嗎？」

里美以剛毅的聲音回答自己沒事。毅加快語速地說道：「只有三分鐘。」

「總之，先集中精神答對最後一題。」

「要怎麼樣才能答對？你有辦法嗎？」

「當然。默契遊戲不是益智問答，沒有正確解答，端看兩人的回答是否一致。所以，不會出他們自己也答不出來的問題。」

「嗯。」

「他們打算測試我們的愛情是否貨真價實。」毅斷言這場遊戲的真正目的莫過於此。「因此設置了各式各樣的陷阱，調查妳我的過去，展示影像或照片證據，試圖動搖我們的內心。一旦內心搖擺不定，失去冷靜的判斷力，即便面對再怎麼簡單的問題，兩人的回答都無法一致。京都求婚那一題就是最好的佐證。」

「我知道。」

毅望向畫面右上角，表示小丑他們最後一定會出簡單的問題。討論時間還剩兩分二十秒。

「我猜測應該會是只需回答是或否這類的問題。」

這就是毅看穿出題者的心理，所得出的結論。倘若對方的目的是為了確認兩人的愛情，就不會出複雜的題目，應該說是「無法出」吧。

為了不讓我們在答錯時有藉口反駁，只能如此。

「別去思考現實的狀況如何，不管出什麼問題，都回答肯定的答案。我也會這麼做。只要這樣，就能答對。」

這便是我深思熟慮後所導出的默契遊戲必勝法。在這場遊戲中，只要兩人回答一致便是正確解答，既然如此，只要從一開始就決定好答案，一定能答對。

小丑說出題後討論答案會更改題目，但第十題尚未出題。他並非禁止我們事先決定好答案。

儘管做法投機取巧，但為了在默契遊戲中取勝，哪裡還管得了手段正當還骯髒。

里美點頭，表示自己思考過同樣的問題。

「不過，題目可能和你預設的不一樣。比如說，如果出的問題是像求婚時說了什麼那樣，有好幾個選項的話，該怎麼辦？」

毅也同意。儘管自己有十足的把握，堅信安排默契遊戲的那些傢伙最後一定會出是非題，但仍無法百分之百地斷定絕對會如此。

不過，即使如此也無所謂。無論出的是什麼樣的問題，只要在寫字板上寫下「是」，兩人的答案便達成一致。

「求婚時說了什麼？」

「是。」

上下文明顯毫無脈絡可言，但答案確實一致。這是他們所制定的默契遊戲的規則。

毅強調：「別想太多。

「他們的目的就在於此，大概想看我們自取滅亡而引以為樂吧，我才不會讓他們得逞。相信我，他們絕對會出是非題。就算沒出，寫『是』就對了。知道了嗎？」

「那些人把我們調查得一清二楚。」

里美將視線往上移，剩下一分五十五秒。

「我想應該比我還更深入地了解你。你對我的事情也並非無所不知吧。雖然事到如今說這些話也沒有意義，但我有事情瞞著你。」

毅咬緊牙根坦承自己也是。

「無所謂，就算過去發生什麼事也沒關係。」

「我知道了。」

毅加快語速說道：「在出最後一題之前，他們可能會讓妳看什麼東西，宣稱是提示。

「別被誤導了。我們彼此可能做過一些不老實的事，但現在不是責備對方或辯解的時候。重點在於答對問題，離開這裡。」

「嗯。」

「就算他們給妳看什麼引發焦慮的影像或照片，妳也要冷靜應對。總之，寫『是』就對了，這樣就能答對。」

毅之所以再三叮囑里美，是因為他知道小丑那群人一定會把秋江的事告訴她。比起訂婚後跟其他女人上床的事情曝光，對方是十六歲未成年的高中生一事帶來的打擊更加致命。

自己無法阻止小丑團夥告訴里美他和秋江之間發生過什麼事，但只要里美的內心在這個階段動搖，便會降低答對的機率。為了防止此事發生，無論如何都要讓里美聽從自己的命令。

里美提起剛才的 LINE 聊天紀錄。

「那是刻意編輯過的，只截取特定的部分來誤導你。聊天內容是事實沒錯，但那是女生聊天時經常開的玩笑──」

毅搖頭表示那種事根本無關緊要，內心暗忖著有時間找藉口的話，不如多用點腦吧。

「別讓我一再重複同樣的事。不想中他們的圈套，就什麼都別想，只回答『是』就好。」

螢幕響起合成音，提醒討論時間只剩最後三十秒。毅瞪視螢幕，要里美別擔心。

「我再說一次，他們只會出是非題。就算沒出是非題，也一律答『是』，知道了嗎？」

「我愛你。」里美淚眼汪汪喊著，「我是真的愛你。」

剩餘時間不到十秒。里美擦拭眼淚後，再次吶喊「我愛你」的瞬間，螢幕轉暗，變得一片漆黑。

「討論時間結束。」小丑的聲音流瀉而出。「哎呀，真是令人感動的演說啊。想通過默契遊戲，真愛就是最大的武器。」

毅嘆了一大口氣；小丑表示一切如毅所料。

「最後一題非常簡單，也就是以是非題的形式來出題。先恭喜兩位，你們一定能通過默契遊戲。」

毅撇過頭說：「又想誤導我們嗎？」

「怎麼會呢。」小丑輕笑。

「我說的是真心話。那麼，關於最後一題，我有個提議。正如剛才所說，題目為是非題。對兩位而言太過簡單，我想你們不需要太長的思考時間。因此，我提議把原本三十分鐘的思考時間更改為三分鐘如何？老實說，我也差不多玩膩了。」

毅回答：「無所謂。」在心中盤算著這樣反而對己方有利。

倘若給予三十分鐘的思考時間，里美有可能胡思亂想。我都再三指示她答案寫「是」就好，她理應會遵從，但或許會被小丑他們的心理戰術誘導而猶豫不決。

思考太多有害無益。縮短思考時間乍看之下不利，但在這種情況下反而利大於弊。

毅面向螢幕大喊：「你們還有其他挑撥離間的素材嗎？

「你們把我跟里美調查得滴水不漏吧？我不知道你們從何時開始調查我們的，但好像持續了非常長的時間。」

「不知道呢……恐怕沒有你想得那麼長，老實說，反而算短的了——」

毅瞪視小丑，怒吼道：「少假了！」他知道他們從十多年前就開始監視里美了。

無論他們有何意圖，事到如今都無關緊要。遊戲的終點已近在眼前。

毅吐了一口唾沫，表示即便是生活五十年的夫妻，也未必完全了解對方。

「跟兩人是否相愛無關，畢竟無法共同經歷人生中所有的時間，當然會有不知道的事情。凡是有基本常識之人，好歹都懂得辨別什麼事該說，什麼事不該說。你們似乎認為彼此深愛的兩人不應該藏有秘密，這種想法未免太極端了。」

「是嗎？」

「因為愛對方，有些事才刻意不說。」這是理所當然的吧，毅拍打桌面說道。「只有腦子不開竅的傢伙才稱之為欺瞞。」

小丑同意道：「你說得是。」

毅將手肘靠在鐵管椅的椅背上說：「你打算怎麼樣？

「又想挑撥離間嗎？要讓里美看我跟其他女人上床的影片嗎？你們有各種伎倆吧？搞不好你們比我還要了解我自己。隨你們怎麼做都無所謂，我們一定會答對最後一題，離開這裡的。」

小丑慢慢翕動嘴脣，說著過去曾舉辦過三次默契遊戲。

「我確信你是最優秀的答題者。即使我想挑撥你和你太太之間的感情，也無法稱心如意吧，也沒必要耍花招。接下來只要出最後一道問題，請你們回答便可。」

毅從正面凝視螢幕的小丑，詢問他到底有何目的。

「告訴我你們做這種事的理由。把我們從飯店擄來，監禁在這個貨櫃中。不僅設置了各種器材，還包含了騙小孩的無聊懲罰。放置在馬桶後方的一千萬圓也是真鈔。」

「你說得沒錯。」

「耗費人力和時間，長期監視我和里美，連過去的經歷都調查得一清二楚，應該花費不少金錢吧。這種事絕非單獨一人所能做到。你們的目的是什麼？為什麼挑上我們？」

小丑承認的確有許多人參與這場默契遊戲。

「其他問題我一概無法回答。」

毅凝視著小丑的身影，思索他究竟是誰。本來直覺認為他是男人，但仔細想想，根本沒有任何確實的證據能證明他是男人。

由於螢幕經常只顯示出小丑的上半身，因此連身高都難以推斷，又穿著尺寸大的服裝，連體格都不得而知。

而且他頭戴大禮帽、臉戴圓眼鏡和紅鼻子，所以容貌也不詳。再加上頂著一臉大濃妝，因此無法以膚質來判定年齡。

毅甩了甩頭，包含小丑在內，還有其他幫手。

「不過，那些傢伙終究是被指使的那方，我想直接跟主導這場默契遊戲的人對話。其中也有女性存在吧。我並非是想得知他們的真實身分，而是想知曉究竟是為了什麼做出這種事——」

警示音響了兩次。「跟你聊天很開心，」小丑微笑道，「不過很遺憾，已經超時了。我不過是個司儀，剛才的警示音是提醒我該出最後一道題目了。」

「做這種事有什麼意義？有什麼好處？是反對我們結婚嗎？是想讓我們分手的意思嗎？若是理由能說服我，我倒是可以考慮看看喔。」

小丑吐出「請看螢幕」的同時，畫面切換。看見浮現螢幕的那句話，毅不禁倒抽一口氣。

⌛

「妳信任樋口毅先生嗎？」

看見螢幕上最後一道題目，里美稍微鬆了一口氣。果然如毅所料，是回答是或否的是非題。

限制時間雖是三分鐘，但仍嫌有些多餘。只給三十秒也無所謂。

我在最後的討論時間跟毅約定好了，早已決定無論出什麼題目一律答「是」，不去思考事實為何。

無須思考或猶豫，只要在寫字板上寫下「是」即可。

里美握住麥克筆，拿起寫字板。一想到這下子一切就結束了，便感覺全身虛脫。

現場播放「經過十秒」、「經過二十秒」、「經過三十秒」的合成音，然而里美握住麥克筆的手卻遲遲沒有動作。

自己是信任毅的，至少在被關進這裡之前是。

但並非全然信任，因為我自己也有不為人知的秘密不敢向他坦白。

人人皆是如此，真相往往會傷害他人，也明白有時沉默是金的道理。又不是小孩了，把內心的感情表露無遺，一點好處都沒有。

能分辨什麼能說、什麼不必說，真正的愛並不是坦露一切。

不過——

默契遊戲開始後，不知經過了幾個小時。這段期間發生了各式各樣的事。

對於毅昔日的女性關係，我並不感到氣憤。雖然出現他並未向我坦承的女人，但我也半斤八兩。

也能原諒他在背後跟朋友一起嘲笑我，把我當作低級笑話的笑柄。朋友聊天，拿男女朋友當笑柄是常有的事。

上述的那些事，里美都能不計較，她發現自己是在本質的部分無法相信毅。結婚並非締結主從關係的儀式，彼此的立場應該是對等的。毅自己也經常將這些話掛在嘴上。

然而，毅在默契遊戲裡自始至終都只主張自己的意見，而否定、捨棄我的想法。

他是想禁止我思考吧。最後也是，那根本是命令。

頭腦愚笨的妳別胡思亂想，做些多餘的事。一切聽我的就好。

我知道他是這麼想的，那才是樋口毅這個男人的本質吧。

我在最初階段的確因為驚慌失措而喪失冷靜的判斷力，只會哭哭啼啼沒錯。他才必須採取強勢的態度來讓我的心情鎮定下來吧。非得有一人領導才行，也怪不得毅認為那是自己的職責所在。

可是，答對第三題時，我也已經恢復冷靜。有餘裕思考該如何脫困，也有自己的見解和發現。

然而，毅卻完全不在乎。

關於討論一事也是如此。我第一次要求討論時，毅勃然大怒，責罵我別把只有三次的討論機會浪費在這種地方。

論道理，他說的或許沒錯。在默契遊戲中，我們獲得的武器只有討論機會，沒有本錢浪費。

可是，在那種情況下想確認彼此是否平安無事，不是人之常情嗎？任誰都會擔心丈夫或妻子的安危吧。

之後在談話時間用PHS交談時，毅說為了答對題目，必須配合其中一方的想法，並表示會配合我。

我聽到這句話時，十分開心。認為他很體貼，試圖不造成我的負擔。

但仔細思考過後，才發現正好相反。

毅的言下之意是——里美沒有洞悉他人的能力，不能交給她。

我老早就發現毅是這種個性了。我不會說他冷酷，但他是個獨善其身，經常保持冷靜的男人。

他之所以欠缺溫柔和體貼，大概是因為他人生一路走來，從未在任何方面受過挫折吧。

尤其是工作更是如此。無視客戶的狀況和負責人的心情，只憑績效決定一切。

做為一個商務人士，他的做法或許沒錯，但若執意不改，總有一天會慘遭滑鐵盧。我從擔任業助時就一直這麼認為，也曾半開玩笑地提醒過他。

不過，他卻自信滿滿地回答：「反正有做出成果，沒問題啦。」之後便不了了之。

單論工作，或許能靠一招走天下。但結婚成家後還用這一招的話，恐怕就不適合了。

在這種異常狀況下，會突顯一個人的本質。不詢問我的想法，單方面地把自己的意見強壓在我身上，我能信任毅這個人嗎？

因為我們是個別和小丑交談，因此我無從得知毅和小丑的對話內容。搞不好他會提出只對自己有利的條件，來跟小丑交涉。

也有可能提出無論是否答對，都會把這裡的一千萬現金和包含自己的存款、積蓄在內的全部財產都奉獻給小丑，要小丑只幫助他自己。

商務人士每天上演的商業交易就像是生存遊戲，而毅是其中成績頂尖的優秀戰士。為了獲勝，他將會不擇手段吧，即便背叛我這個妻子也在所不惜。

「經過一分鐘，剩下兩分鐘。」

小丑的聲音流瀉而出，但里美緊握麥克筆的手指卻依然沒有動作。

「你信任樋口里美小姐嗎？」

毅點頭，暗忖著果然不出自己所料。

在討論時，自己也跟里美提過，他有十足的把握最後只會出是非題。

他們的目的是破壞自己與里美之間的愛情。倘若他們出的題目會導致答案有好幾個選項，或是會根據解釋而改變的話，那麼即便答錯，也會給予我們辯解的餘地。好比是出題方的說明不足、問題本身藏有陷阱或男女思路不同，怎麼說都可以。為了避免遭到反駁，他們只能出是非題。

自己和里美已經決定無論現實情況如何，都會在寫字板上寫下「是」。竟敢小看我，毅發出苦笑如此思忖。

老實說，回想起先前的事，自己並不信任里美。

她在之前的默契遊戲，一再出錯，教人怎麼信任她。

第一題之所以答錯，是因為彼此都對當時的狀況一頭霧水，我也有責任沒錯，但之後她的行動卻錯誤連連。

只會在那裡哭喊害怕、救命，腦子混亂、無法思考，把時間拉得很長，失去判斷力，只會依賴我，自己卻坐以待斃。

要求無謂的討論，白白浪費寶貴的機會。都已經透過螢幕看見彼此的身影了，根本沒必要確認彼此的安危。就算全身上下只穿著內衣褲，那又怎樣？

關於求婚的問題也是。那麼簡單的問題都會答錯，腦袋是裝豆腐嗎？

在答題前的討論時間中，我都告訴她「京都」這個關鍵詞了，當時等同於答案已定。她卻愛胡思亂想，結果答錯，害我被加了醋的發泡鮮奶油砸了全身都是。

目睹我們那身慘狀的傢伙，肯定笑翻了吧。真是丟臉丟到家了。

我不打算對她之前曾和幾個男人交往過一事出言抱怨。我親眼目睹她緊緊挽著男人的手臂走進青山一間酒吧的背影，想也知道之後事情會如何發展。我沒有心胸寬大到能原諒她，但一想到自己和秋江的事，也沒有資格責備她。

為了結束這愚蠢的遊戲，我命令里美抽離現實和自己的情感，一律回答「是」。當然，里美只能在寫字板上回答「是」。

只要寫她相信我，就能答對題目，默契遊戲就此告終。

毅拿起麥克筆，要寫「是」呢？還是寫「我一輩子相信我的妻子里美」呢？

考慮到未來相處，或許寫得誇張一點比較好。毅的臉頰浮現嘲諷的笑容，然而，手卻停止不動。

他有些懷疑里美是否會乖乖寫下肯定的答案。

那個女人雖笨，麻煩就麻煩在她認為自己很聰明。明明只要照我說的去做，一切就能圓滿落幕，她偏偏有可能節外生枝。

如同我不信任里美一樣，里美肯定也不信任我。小丑絕對會讓她看我跟秋江出軌的照片或影像，並且告訴她秋江是女高中生。她怎麼可能會相信我這種男人。

也可能認為我只圖私利，甚至懷疑我與小丑私下交易。

希望她別想太多而中計。我命令她寫「是」，這指示再簡單不過了。

不過，難保里美不會解讀弦外之音，寫下否定的答案。搞不好這個機率反而比較高。

毅思考到這裡後，便無法輕易地動筆寫下答案。里美在想什麼？會回答是還是否？

他咬唇心想：如果有更多時間就好了。若是像先前一樣獲得三十分鐘的時間，自己或許便能揣摩里美的心思，推測她的想法。然而，決定將最後一題的思考時間變更為三分鐘的正是自己。原本理應有利的條件，瞬間反轉。

嘴唇破裂，嘗到鐵鏽的味道。毅含了一口寶特瓶中剩餘的水，直接吐掉，不舒服的觸感卻依舊殘留口中。

明知里美聽不見，毅卻忍不住怒吼：「里美！照我說的去寫就好！」

此時響起小丑的聲音，提醒時間剩下一分鐘。

「我姑且聲明一下，無論你喊得再大聲，都傳不進里美小姐的耳裡。」

毅發出咆哮，要小丑閉嘴，然後望向螢幕。倒數的數字變成 00:52。還剩五十二秒。

時間轉瞬即逝，少於四十秒，剩餘時間來到三十秒。

即使如此，毅依然無法在寫字板上寫下答案。

⌛

三十秒，里美重新握好麥克筆。

必須在寫字板上寫下答案才行。是或否，僅此而已。一秒就能寫完。

「妳信任樋口毅先生嗎？」

她將浮現在螢幕上的這行字唸出聲。我信任毅嗎？

我信任過他，絕無虛假，我敢發自內心保證。直到昨日為止，我的確信任過他。

但如今，我還敢肯定地說自己由衷地信任他嗎？

最後一次討論時，他這麼說：

「不管出什麼問題，都回答肯定的答案。我也會這麼做。只要這樣，就能答對。」

我雖然點頭答應，心裡卻覺得不對勁。為何他要如此加強語氣命令我？

自以為是、自視甚高、不肯相信任何人、周圍的人只要服從自己就好。他就是這種男人。

里美再次認知到：他並不信任我。連自己結婚的對象都不信任，他就是這種男人。

他說不管出什麼題目都寫肯定的答案。我也明白那就是默契遊戲的必勝法。

在只要兩人的回答一致就是正確解答的默契遊戲中，這是絕對能破解遊戲的不二法門。

⌛

但那是在彼此信賴的情況下。我能相信不信任自己的男人嗎？

里美望向螢幕，看見 00:21 的數字。

沒有任何問題，只要在寫字板上寫下「是」就好。毅將麥克筆的筆尖貼在寫字板上。

不過，小丑說的這番話令他在意：

「過去曾舉辦過三次默契遊戲。我確信你是最優秀的答題者。」

我早就知道我們不是第一對參加默契遊戲的情侶。小丑自己說過這是第四屆默契遊戲，似乎也沒打算隱瞞這件事。

我在意的是小丑說他確信我是最優秀的答題者這句話。

換句話說，這代表過去沒有人通過默契遊戲。我們恐怕是第一對答到最後一題的人吧，所以小丑才會說出那種話。究竟是為什麼？毅環顧四周暗忖道。

冷靜思考後，發現默契遊戲絕不困難。只要回顧之前的九道題目，馬上就能領悟到，愈是慎重看待，答對的可能性便愈低。儘管如此，依舊沒有人過關。自己不明白為何會如此。

當然，肯定不小心被小丑誘導過吧。應該有情侶像我們一樣，被揭發昔日的異性關係，看見照片、影片或刻意編輯過的簡訊和電話錄音而內心動搖，一再答錯吧。

不過，難以想像所有的情侶都會如此。沒有人通過默契遊戲這件事，未免太不自然了。

莫非有什麼潛藏的意圖嗎？若是小丑團夥中有優秀的心理學家或諮詢師的話，或許能誤導人心。

毅凝視螢幕，一切都在他們的掌控之中嗎？難道最後這一道題目，也設置了心理陷阱嗎？

剩下十五秒。要怎麼做，才能反將他們一軍呢？

毅握著麥克筆，緊閉雙眼。快動腦、快動腦、快動腦。

必須看穿里美的心思，導出答案才行。

我命令她不管出什麼問題，都回答肯定的答案。里美也答應我會照做。

默契遊戲必勝的不二法門，只有這一招。這方法簡單得甚至會令人懊惱為何自己先前都沒想到。

不過，這招必勝法有一個先決條件。那就是彼此是否百分百信任對方，這是最大的關鍵。

即便決定寫下肯定的答案，也不確定對方是否會出爾反爾。必須彼此信任對方會照做，才能通往必勝之路。

毅低喃著自己也犯下了錯，不該劈頭責罵里美或強勢地命令她。

如果單方面受到責備，任誰都會產生牴觸的情緒吧，而這肯定會導致不信任。毅咂舌反省自己的過錯，但為時已晚。

兩人討論的內容，小丑團夥都聽在耳裡，也知曉我們決定不管什麼問題，都回答肯定的答案。

他們能做的，只有挑撥離間，而要挑撥的人選是里美。攻擊弱點是遊戲的常規。

雖不知小丑在這三分鐘內和里美說了什麼，但他們熟知人心的弱點。果然，是揭發我和秋江的事嗎？

不過，毅握筆思考。里美只能相信我，她就是那種女人。

因為不想負責任，所以無法自己做決定。至今為止也都把一切交給我、依賴我、順從我。

里美一定會聽從我的命令。在寫字板寫下肯定的回答，如此一來，一切便結束了。

天花板的擴音器傳來警示音，毅抬起頭，看見螢幕的數字已變成 00:05。

「五、四、三、二……」

當合成音說出「一」的數字的同時，毅在寫字板上寫下答案。

⌛

倒數十秒。時間感錯亂，三分鐘的思考時間感覺只經過了數秒。

里美重新握好筆。再思考一次吧，要回答是還是否。那也代表著自己信不信任毅。

如果信任他，只要毫不猶豫地寫下「是」就好；如果不信任，只能寫「否」了。

自己很想信任毅，但他只顧自己的利益，只要判斷有一絲風險，他便會厚顏無恥地翻臉不認人。

若是判斷有危險，便會先思考如何明哲保身。不惜為此說謊，甚至沒有意識到背叛，若無其事地改變立場或心態吧。

自己並非在責備他。他是隨處可見、極為普通的男人。不僅有常識，也能遵守社會規則。

我也一樣，所以才十分明白這種人的可怕之處。

即便是善人，不，正因為是善人，才不知道會做出什麼事情來守護自己。

毅語氣強勢地要我無論出什麼問題，都回答肯定的答案，只有這樣才是答對問題的不二法門，絕對萬無一失。

可是，世上哪來的絕對，頭腦聰穎的他應該最明白這個道理。然而，他又是基於何種根據敢如此斷言？

是認為口氣不夠強硬的話，我就不會順從嗎？倘若真是如此，那不就等於表示不相信我嗎？

我能相信不信任我的人嗎？……

警示音響起，螢幕的數字變成 00:05。

「三、二、一……」

還來不及思考，手便逕自動了起來，在寫字板上寫下答案。

「……零。」

警示音大聲響起，筆從指尖滑落地板。

⌛

出現在螢幕上的小丑宣告時間結束。

「請蓋上寫字板，放下筆。之後禁止更改答案及增減字數，知道了嗎？」

毅將筆扔到地板，張開雙手以示清白。

「誰知道會被你們找什麼碴啊，要是說我們犯規，答案不算數，要我們重新答題的話可就麻煩了。」

「找碴？怎麼把話說得那麼難聽呢。」小丑發出尖銳的聲音笑道，「我才擔心你舌粲蓮花、偷天換日，或基於其他理由答錯後，要求延長賽呢。最後一道題目之所以出是非題，也是為了防堵這個問題。無論答案為是或否，都沒有解釋的餘地。只有這樣才能準確地判定是否答對。」

毅點點頭。自己以完全相同的理論推斷最後一題會以是非題的形式出題，果然不出所料。

「你現在的心情如何？」小丑抓住桌上的麥克風，面向攝影機。「是否答對，全看兩位寫字板上的答案。怎麼樣？會不會感到不安呢？」

毅揮了揮手，表示夠了。

「現在才賣關子又有何用？用不著我提醒，要是我們答對過關的話，別忘了你們答應要放我們離開。另外，我不要金錢和獎品，不過等我離開這裡，要馬上報警，絕對要逮捕你們。」

「我會遵守規則。光是想像都不禁笑了出來。」

小丑如此說道，使了個眼色，結果發出金屬嘎吱作響的低沉聲響，毅因此環顧四周，一探究竟。

後方的牆面開始緩緩上升，形成約三十公分的縫隙。

毅嘀咕道：「果然是業務用貨櫃。」

「沒有門，不過牆面能開啟關閉。是運送汽車時經常使用的貨櫃。」

小丑莞爾一笑，稱讚毅真是博學多聞。

「若是答對，我會直接升起牆面，你可以從那裡離開無妨。另外提供你參考一下，里美小姐的貨櫃位於以你的角度看過去的左側，距離約兩公尺的場所。她的牆面目前也升起同樣的高度，如果你大聲呼喚她，或許她能聽見。」

不過，請不要從椅子上站起來。小丑如此說道。

「接下來就是高潮了，在翻開兩人的寫字板，確認答案以前，請不要站起來，可以嗎？」

毅坐在椅子上吶喊里美的名字。從三十公分的縫隙，無法看見外面。

夜幕大概已低垂，能看見的只有一片黑暗。

毅聽見一道細微的聲音在呼喊自己的名字，是里美的聲音。毅再次吶喊，回應里美的呼喚。

「妳還好嗎？已經沒事了，這場愚蠢的遊戲即將結束。再忍耐一下。」

海水的氣味隨著「我知道了」的回應，一同傳進貨櫃內。看來地點臨近大海。

「這裡是哪裡，碼頭嗎？」

小丑說只要毅答對，就能親眼確認。

「若是答錯，這裡是哪裡都無所謂吧。準備好了嗎？現在開始揭曉最後一道題目的答案！」

莊嚴的管風琴聲響徹整個貨櫃，還搭配擊鼓聲。

「那麼，請面向螢幕。還不要翻開寫字板。」

螢幕切換畫面，胸前抱著寫字板的里美的身影映入毅的眼簾。

此時傳來小丑的聲音，表示想呼喚對方也無妨。

「里美！」

「毅！」

彼此的聲音交錯。毅詢問里美是否平安無事，里美臉上浮現僵硬的笑容反問同樣的問題。

「為什麼……到底是誰做出這種事？」

毅點頭回答：「是永和商事的人。」他堅信自己的推斷無誤。

「我一直在思考小丑和他背後的那群人的身分，董事級的人物肯定也牽扯其中。」

里美詢問毅為何會這麼想。從她的語氣能得知，她自己也察覺到了這種可能性。

毅回答：「因為他們對我們的個人情報知道得太過詳細了。」

「妳看過我在會議室跟公司裡的朋友講電話的影片了吧？那是公司安裝的監視器畫面。能看見監視器畫面的，只有我們公司的總務部跟保全公司的人而已，但保全公司沒有理由這麼做。另一個根據是，妳說過自己早就被盯上了。」

「什麼意思？」

毅回答：「妳大學畢業後，很可能進入永和商事工作。

「永和是日本數一數二的綜合公司，是許多大學生擠破頭想進入的熱門企業。妳的舅舅是董事，想也知道，是最可靠的人脈。只要妳希望，十分有可能進入永和工作。他們應該是從能輕易監視的永和集團職員中選擇默契遊戲的答題者。」

「所以，他們才從我讀大學時就開始監視我嗎？可是，為什麼？我不懂。而且，他們又是基於何種理由連你也一起調查？」

毅用掌心擦臉，說道：「因為妳的結婚對象是我。

「求完婚，我向公司報告結婚的事。是在下聘結束後，大概是十個月前吧？所以他們便開始行動。我們是永和商事總公司的職員，正方便監視。我也知道他們是怎麼調查我的過去的，是用ＱＵＢＥ。」

永和集團代表性的搜尋引擎，只要輸入對象相關的關鍵字，ＡＩ便會篩選出社群平臺，以及網路上大量資料中的相關資訊，根據資訊量和瀏覽次數，決定優先順序，顯示出詳細資料。

不過，ＱＵＢＥ所搭載的奇點ＡＩ，在速度、關聯性的連動、重要度的分析等所有層面擁有的高性能，都輾壓歷來的搜尋引擎。因此這十年來才能在各大網站的搜尋引擎中獨占鰲頭。

「永和ＱＵＢＥ公司正致力於開發新一代的ＱＵＢＥ，聽說要數年後才會完成，他們就是用那個調查我們的過去吧。」

里美哽咽地吶喊：「做這種事又能怎樣？他們的目的是什麼？而且就算是用ＱＵＢＥ，也不可能竊聽我們兩人私下的對話吧？」

毅搖頭，他也不明白這一點，里美的質疑正是自己的疑問。

永和商事肯定與默契遊戲大有關係，但卻不清楚他們的動機和目的為何。ＱＵＢＥ再怎麼神通廣大，也有辦不到的事。然而對方卻透過某種超越電腦和ＡＩ極限的形式，蒐集了所有情報。究竟是如何辦到的？

「不過，有一件事我敢肯定，那就是我要辭掉永和商事，告他們侵犯隱私。還『員工是家人』咧，別笑掉人大牙了！」

「恕我插嘴一下。」就在這時，小丑不好意思地打岔道。

「要辭職、提告都是兩位的自由和權利。不過，在那之前得答對最後一道題目才行。可別忘記答錯的話，要接受懲罰。比起說什麼辭職、提告這種聳動的事——」

「你在說什麼鬼話！」毅怒吼道：「聽好了，我一定說到做到！員工不是你們的玩具，要是你們以為做什麼都能獲得寬恕，那就大錯特錯了！這無庸置疑是犯罪。永和勢必會名譽掃地吧，但這都是你們自作自受。你們應該選其他人的，讓我們參加默契遊戲是你們最大的錯誤。」

小丑以細如蚊蚋的聲音說：「或許真是如此吧。」

「不過，規則就是規則。請掀開寫字板，確認彼此的答案。」

「好啊，快點結束吧。只要揭曉彼此的答案，確認答對就行了吧。」

小丑表示必要在他的指示下揭曉。

「即將開始倒數，準備好了嗎？三、二、一，請揭曉。」

毅將寫字板面向螢幕。

⏳

里美雙手舉起寫字板，湊到螢幕前。

⏳

毅凝視自己的寫字板。

End of the game

遊戲結束

「答錯！」小丑發出開朗的聲音宣布。

「哎呀，太讓我驚訝了，真不敢相信自己的眼睛。到底發生了什麼事呢……請容我再次確認一次兩位的寫字板。樋口先生的寫字板上寫的答案是『否』，而里美小姐寫的則是『是』，沒錯吧？」

里美的怒罵聲刺進閉上雙眼的毅的耳中。

「為什麼？你不是說不管出什麼問題都寫『是』嗎？是你自己說的耶！所以我才遵照你的意思去做。因為我愛你、信任你，才寫『是』的！結果你卻寫『否』？你瘋了嗎？」

毅雙手用力拍打桌面反駁：「我的確叫妳寫『是』沒錯，但妳想想看，之前舉辦過好幾次默契遊戲，這遊戲絕對不難，可是卻沒有一對情侶通過。怎麼想都很奇怪，不是嗎？」

里美將寫字板扔向攝影機：「你這個笨蛋！」

毅探出身子：「妳聽我解釋！我試著思考為何沒有人通過，馬上便得出了結論。因為他們會誘導其中一方，導致兩人答案不一致，所以才沒有一對情侶過關。若是論我跟妳哪一方比較容易被誘導，那當然是——」

「是你！」里美從椅子上站起來，將臉湊近攝影機。

「你自己說過，要是想太多，會正中他們的下懷。說得不錯，你主動跳進小丑他們準備好的陷阱。你覺得自己很聰明吧，但真正愚蠢的人是你！」

一臉兇神惡煞破口大罵的里美指著攝影機說：「等你離開這裡就辭掉工作？提告？別忘了在那之前還有一件事非做不可，那就是提交離婚申請書。你要是以為我什麼都不知道，就大錯特錯了。你睡了自己前輩的老婆吧——」

「妳還敢說我！」毅撿起腳邊的筆，使盡全力扔向螢幕。

「妳跟我訂婚後，還跟前男友上床。這不是出軌是什麼？妳這個水性楊花的女人，一輩子都沒人敢娶妳！妳根本沒資格責備我！」

「你是指東山課長吧？」里美尖聲大喊：「沒錯，你早就知道了吧？我看見你在電話提到Ｈ先生，事到如今我也沒打算隱瞞。我曾跟課長搞婚外情，那個人跟你截然不同，技巧好得很——」

毅站起來，聽得一頭霧水。

「Ｈ？那是在說營業部的日野先生，大家都知道他單戀妳……等一下，妳跟東山課長搞過婚外情？這是怎麼回事？」

兩位請冷靜。螢幕切換畫面後，出現在上頭的小丑安撫般地說道。

「互相推卸責任實在是太難看了。我應該提醒過好幾次，要在默契遊戲中獲勝，重點在於真實的愛與互信。兩位缺乏以上要素，必定會失敗。」

毅靠近螢幕，要小丑別再說了。

「我知道你們的目的是什麼了，是為了設局拆散我們吧。我認輸，我們已經撕破臉了。不過，你們一個也別想跑。綁架、監禁我們是犯罪——」

「請等一下。」小丑說。「默契遊戲還沒有結束。」

「你在說什麼？說答錯三次，遊戲便結束的人是你吧！」

小丑微笑表示，不到最後關頭都不可疏忽大意。

「你們上小學時沒學過嗎？遊戲是有規則的。兩位答錯了三次，因此必須接受懲罰。進行完這一步，默契遊戲才算落幕。」

隨你便啦！毅踹牆回答。

「是要撒粉嗎？還是讓我們跌入地洞？我全都奉陪。要把我們當笑柄，就快點動手吧。」

先降下牆面吧。小丑下達指示後，後方的牆面發出金屬嘎吱的聲音，應聲緩緩降下。

毅大喊稍等。

「你打算做什麼？為什麼要關起牆面？」

「開著比較好嗎？」牆面戛然而止。「為了兩位著想，我個人是奉勸你們關起牆面……那麼就保持開啟的狀態吧。」

毅再次質問小丑到底想做什麼，一股未知的恐懼悄悄爬上他的心頭。

回答要執行懲罰的小丑慢慢站起來。

「我從一開始就告訴過你們，只要答錯三次，便遊戲結束。」

小丑憐憫地凝視著怒吼「別開玩笑」的毅，拖著右腿從畫面中消失。

螢幕切換畫面，上頭映照出里美的身影，她的臉上浮現畏懼的表情。

「妳看見了嗎？」

里美點頭表示自己看見了。

「那個小丑是——」

此時，貨櫃的前方突然抬起，毅立刻緊抓住桌子。傾斜的角度愈來愈大，旋即形成垂直的狀態。貨櫃被吊了起來。

毅用手抓著椅背，以懸空的狀態怒吼道：「快停止這種蠢事！」

「有水！」

螢幕上同樣懸空的里美如此吶喊。因為恐懼的關係，臉部呈現扭曲的狀態。

毅轉動脖子望向下方。貨櫃的下面積著水，有海味，是海水。

「難道懲罰是……」

此時響起某種東西斷裂的巨響，隨後貨櫃便大幅度地搖晃，海水同時從後方的牆壁縫隙流了進來。

「里美！」

螢幕沒有照到里美的身影，只有桌子和鐵管椅的畫面。椅子被水逐漸吞噬。

「里美！」

里美臉部冒出水面，手抓著桌腳。

她在吶喊，但不知道在說些什麼。水位立刻升高，里美的身影已消失無蹤。

水也淹到毅的腰部，轉瞬間便淹到肩膀。

自己會這樣沉入海底嗎？

毅閉上雙眼心想：原來小丑說的是這個意思啊。

「為了兩位著想，我個人是奉勸你們關起牆面。」

把貨櫃沉入海底就是懲罰，而所謂的遊戲結束，則是指終結人生的意思。

只要把貨櫃的牆面關上，水就不會淹得這麼快。小丑憐憫的語氣是發自內心的。

即便要溺死我們，也想多給我們一點時間吧。

在那段期間，理應可以透過連接的螢幕和里美交談。告訴她我愛她、向她道歉，或是繼續互相指責。總之，不會獨自死去。

毅嘴裡呢喃著一切都是圈套，自己之所以會在最後一道題目回答「否」，是因為認定小丑把秋江的事告訴了里美。

說至今沒有情侶過關只是藉口，也並非中了圈套，而是敗給了自己。

海水填滿貨櫃。毅在逐漸朦朧的意識中想起小丑的身影。

（他究竟為何要做這種事？）

眼前陷入一片黑暗，然後，失去了意識。

⌛

山手線車門關閉時，一名女子詢問隔壁的男人在看什麼。兩人是就讀同一所大學的學生，處於朋友以上、戀人未滿的關係。

男人抬起頭回答自己也搞不太清楚。

「我上個月不是買了QUBE的廉價手機嗎？結果裡面一開始就安裝了這個叫默契遊戲的程式。」

「是遊戲嗎？也讓我玩玩看。」

男人對伸出手的女人搖搖頭。

「我也是今天第一次點開這個程式，不是遊戲。默契遊戲是這個程式的名稱，實際上應該算是……實境秀？那種感覺。會有情侶回答問題，但不是益智問題，而是兩人的回答一致就算答對，不一致就算答錯，要接受懲罰。必須通過十題的考驗，否則兩人會一起沉入海底。」

「有趣嗎？」

男子表示一點都不有趣，然後環顧四周，大多數乘客都在盯著手機螢幕。車廂傳來廣播，提醒下一站是澀谷。

「我是第一次看，裡面說這次的遊戲是第四屆。可是我只能透過螢幕觀看，又沒其他事可做，內容只是一直冗長地重複同樣的發展。主持人打扮成小丑的模樣，不覺得很老土嗎？」

「沒有通過十題的考驗會沉入海底，是真的嗎？」

「怎麼可能啊。」男人苦笑道。「是還弄得有模有樣的啦，確實莫名逼真，但肯定是CG特效嘛。就算是實境秀，搞出人命可不是開玩笑的。」

「再說了，設定未免太不合理了。」男人繼續說明。

「出的問題跟那對情侶的過去有關，但二十年前的個人資料是要怎麼調查？那麼久以前的資料，根本不可能保存下來吧？」

女人歪頭回答：「那可不一定喔。幾年前不是有藝人的LINE被刊登在週刊雜誌上嗎？而且不都說網路上的資訊從哪裡洩露出去都不奇怪。」

男人拿著手機說：「那都多久以前的事了。QUBE也是一樣。這是永和商事開發的搜尋引擎，廣告也說它的安全性是世界第一，不可能洩漏個資。」

當女子點頭同意時，電車抵達澀谷站。男人從座位站起來說：「下車吧。

「浪費我的時間。我從上午就開始看了，總之長得要命，讓我覺得編輯技術爛透了。因為是直播遊戲過程，大概是追求臨場感吧，可是直播到現在才結束耶。我因為好奇結局才看到最後，結果那對情侶最後答錯，然後就結束了。沒有任何說明，說結束就結束。簡直無聊透頂。」

「我應該會想看耶。」女子在月臺上邊走邊說，「我喜歡看那個共享公寓的節目，實境秀總會讓人想一探究竟呢。」

「秀終歸是秀。」男人邁向階梯說。

「默契遊戲也是一樣。最後兩人的秘密被揭發，互相破口大罵、又哭又叫的……這邊很真實，是還滿有趣的。我猜那一對答題的情侶應該真的有在交往，可是發生的事都很扯，最後兩個人都死了，這才是最假的地方吧。」

「聽你這麼一說我才想起來。」女子看了看時鐘，「是亞子嗎？她也換成了ＱＵＢＥ的手機，有跟我提過默契遊戲的事。她說就是會讓人想看下去呢，雖然設定很假，但情侶的感情倒是很真實……」

走出驗票口後，男子停下腳步。眼前是全向十字路口。

「別管那個爛遊戲了啦。接下來要怎麼辦？離看電影的時間還有三十分鐘，要找個地方喝茶嗎？」

「不要啦，浪費錢。比起喝茶，看完電影後去吃飯如何？」

男子對著手機說：「ＯＫ，ＱＵＢＥ。今晚八點，晚餐，澀谷，約會。」

「什麼約會啦。」女子輕拍男子的上臂，臉上露出笑容。

男子害羞地移開視線，自己打從一開始就當作是約會。

「啊啊，出來了、出來了。欸，妳知道嗎？手機查到電影院隔壁新開了一家夏威夷漢堡店，去那裡吃可以嗎？」

女子又笑道：「還約會咧。」

當女子握住男人伸出的手時，手機的螢幕閃了一下紫光。

「剛才那是怎麼回事？」

男人回答「不知道」時，全向十字路口的交通號誌轉綠。一群男女與手牽手邁開步伐的兩人擦肩而過時，交頭接耳，然後移開視線。

「他們是怎樣？」

面對女子的提問，男人聳肩回答：「我哪知道。」對於從戀人未滿升格為情侶的兩人而言，別人的事根本無關緊要。

他們穿越斑馬線後，爬上道玄坂。背後服飾大樓的大型螢幕牆上顯示出「ANSWER GAME NEXT CHALLENGER」的字，以及這對男女的的長相和名字，而兩人卻渾然不覺。

【本作品純屬虛構】

國家圖書館出版品預行編目資料

默契遊戲／五十嵐貴久著；徐屹譯 .-- 初版 . -- 台北市：皇冠，2021.07 面；公分 .--（皇冠叢書；第 4953 種）（異文；8）
譯自：アンサーゲーム

ISBN 978-957-33-3742-3（平裝）

861.57 110008178

皇冠叢書第 4953 種
異文 | 8
默契遊戲
アンサーゲーム

作　　者—五十嵐貴久
譯　　者—徐屹
發 行 人—平雲
出版發行—皇冠文化出版有限公司
台北市敦化北路 120 巷 50 號
電話◎ 02-27168888
郵撥帳號◎ 15261516 號
皇冠出版社（香港）有限公司
香港銅鑼灣道 180 號百樂商業中心
19 字樓 1903 室
電話◎ 2529-1778　傳真◎ 2527-0904
總 編 輯—許婷婷
責任編輯—黃雅群
美術設計—單宇
著作完成日期— 2019 年
初版一刷日期— 2021 年 07 月

法律顧問—王惠光律師

讀者服務傳真專線◎ 02-27150507
電腦編號◎ 554008
ISBN ◎ 978-957-33-3742-3
Printed in Taiwan
本書定價◎新台幣 280 元 / 港幣 93 元